Antologia de poesia catalana

Antologia de poesia catalana

A cura d'Isidor Cònsul
i Llorenç Soldevila

Proa

Educaula
Col·lecció Les Eines

Col·lecció dirigida per Llorenç Soldevila
Comitè assessor: Josep Camps, Xavier Cortadellas,
Dolors Requena, Fina Salord, Isabel Soler,
Maria del Roser Trilla i Francesc Vernet

Primera edició en aquesta col·lecció: setembre del 2009
Segona edició: març del 2010
Tercera edició: octubre del 2010

Disseny de la col·lecció: Ferran Cartes / Montse Plass

www.educaula.cat
educacio@educaula.cat

La primera edició d'aquesta obra va ser publicada
per Edicions Proa l'any 2005.

Fotocomposició: Edilínia, SL
Dipòsit Legal: B-38.723-2010
Impressió: Limpergraf, SL
ISBN: 978-84-92672-28-8

I. Dels trobadors a Ausiàs March

Els inicis

Com en la majoria de les llengües romàniques –el castellà, el francès, el portuguès o l'italià– les primeres mostres escrites en català van aparèixer a l'alta edat mitjana, i les més antigues que es conserven són dos textos de la segona meitat del segle XII: un fragment traduït del *Forum iudicum,* compendi jurídic visigot, i les *Homilies d'Organyà.* Si els posem en paral·lel amb els primers escrits d'altres llengües romàniques, la seva importància és similar a les *Glosas silenses y emilianenses* de la llengua castellana o als *Juraments d'Estrasburg (Les Serments d'Estrasburg)* per a la francesa. A més d'aquests i altres textos, sovint també es troben paraules catalanes i frases arromançades en textos llatins de la primera meitat del segle XII: unes vegades és per error d'escrivans que tenen poc domini del llatí i, unes altres, perquè, conscientment, volen fer-se més entenedors. També hi ha rastres, a l'alta edat mitjana, d'una tradició oral de literatura festiva i religiosa, per bé que el primer esclat literari català va prendre les formes de la poesia trobadoresca provençal.

Els trobadors

Entre finals del segle XI i el XIII, per terres d'Occitània, a la meitat sud de l'actual Estat francès, es va desenvolupar una literatura molt culta i refinada, la poesia trobadoresca o provençal, que va tenir una gran capacitat d'influència en la literatura de les geografies veïnes, sobretot al nord d'Itàlia i a Catalunya. Per terres italianes, la poesia dels trobadors generà el *dolce stil novo* que és a la base de la lírica de Dante i de Petrarca, i pel que fa a Catalunya, endegà una tradició poètica d'imitació trobadoresca que s'estengué fins al segle XIV i va donar escriptors d'estricta singularitat, entre els quals destaquen Guerau de Cabrera, Guillem de Cabestany, Berenguer de Palol, Guillem de Berguedà i Cerverí de Girona.

La literatura provençal distingia entre trobadors i joglars. Els primers eren alhora músics i poetes, perquè, fet i fet, el trobador era l'autor de la lletra i la música d'unes composicions que es difonien cantades pels joglars. El mot *trobador* es refereix a aquell que «troba» i «trobar» té, en aquest cas, el sentit de compondre un text i una música. Aquests trobadors, que per regla general eren nobles, es valien d'uns servidors, els joglars, que els feien de portaveus i de difusors de les seves cançons que interpretaven des dels castells fins a la plaça dels pobles i a les corts d'altres nobles senyors. És per aquesta raó que el joglar acostumava a ser d'origen humil, per bé que, a base d'esforç i de dedicació, si excel·lia en la pròpia feina, no era rar que aconseguís arribar al rang de trobador. Aquest fou el cas dels trobadors occitans Marcabrú, Cercamon i Bernat de Ventadorn, o dels catalans Ramon Vidal de Besalú i Cerverí de Girona. En funció de la pròpia grandesa com a senyors feudals, els trobadors podien arribar a disposar de tot un estol de joglars, i també succeïa que, amb el pas del temps, les cançons evolucionaven, les lletres s'adaptaven i s'anava confonent la frontera entre el trobador i el joglar, el creador i l'intèrpret.

L'amor, el gran tema de la lírica trobadoresca, és entès com una translació del vassallatge feudal a la literatura. Aquest concepte d'amor, anomenat *amor cortès*, es reflecteix en les *cançons*, gènere en què el trobador es declara vassall de la dama a la qual estima i serveix. Per això sovint l'anomena *midons* (el meu senyor) i li promet fidelitat i servei, talment com el vassall al seu senyor. La relació amorosa, però, sempre ha estat àmplia de registres i el mateix refinament de la poesia trobadoresca va preveure gèneres diferents per a cada circumstància concreta, com la *pastorel·la*, l'*albada*, el *comiat*, la *dansa* o la *balada*. L'altre gran tema de la poesia trobadoresca es relacionava amb les tensions feudals, i es va concretar en un tipus de composició maliciosa i satírica anomenada *sirventès*, des del qual es llançaven calúmnies i acusacions contra un noble contrari o un bàndol enemic. Al costat de les cançons amoroses i dels sirventesos, el *plany* era el poema elegíac per la mort d'un ésser estimat, i la *tençó* o *debat* una mena de baralla dialèctica entre dos trobadors.

La poesia trobadoresca es basava en una estricta exigència formal i era regida per preceptives que codificaven les normes que calia tenir en compte en la composició d'un poema. S'hi distingien dos estils de poesia complexa i difícil –*trobar ric* i *trobar clus*– segons que la força del poema carregués en els aspectes formals de la rima, el ritme i la riquesa lèxica (*trobar ric*) o en l'agudesa, l'enginy i la gràcia del contingut (*trobar clus*). En oposició a tots dos hi havia el *trobar leu*, format per cançons senzilles i sense pretensions d'artifici formal ni conceptual.

Dos dels trobadors catalans més importants foren Guillem de Berguedà i Cerverí de Girona. El primer era fill del vescomte de Berga i el tenim documentat entre els anys 1138 i 1192. Guillem de Berguedà va ser, sobretot, un noble de caràcter bregós, que va participar activament en les lluites feudals del seu temps. Va fer costat a Alfons VIII de Castella contra Alfons I de Catalunya i va tenir accés, com a noble, a la lluïda cort de Ricard Cor de Lleó, duc d'Aquitània. Devia ser un tipus de tracte difícil, com ho proven els poemes on ataca el bisbe d'Urgell i que li valgueren l'excomunió, així com els àcids sirventesos que dedicà als nobles Ponç de Mataplana i Pere de Berga, de qui desitjava la muller. Sabem que el van abandonar amics i parents, i tot fa pensar que va morir assassinat. Del conjunt de la seva obra, considerada entre les millors dels trobadors catalans, es conserven vint-i-vuit poemes i tres debats poètics.

Cerverí de Girona, també conegut com Guillem de Cervera, és el trobador català d'obra més extensa perquè d'ell es conserven cent catorze poemes lírics, cinc de narratius i un de tipus moral. És documentat entre el 1259 i el 1285, i se sap que va estar vinculat al vescomte Ramon Folc de Cardona i al servei dels reis Jaume I i Pere II, dels quals rebia salari com a joglar. Entre la poderosa família dels Cardona i la casa reial no van faltar mai els plets, els problemes i les tensions, i Cerverí de Girona, amb una independència moral no gens freqüent en un escriptor àulic, va servir uns i altres encoratjant-los a la reconciliació. El conjunt de la seva poesia demostra que era un escriptor de recursos amplis, un poeta que conreava el trobar ric i el trobar clus, i també la poesia tradicional, més aviat menystinguda pels altres trobadors.

Ramon Llull

Si la poesia catalana va néixer acomboiada per la rica tradició provençal, la prosa va adquirir el seu impuls definitiu mercès a Ramon Llull (v. 1232 - v. 1315), una de les personalitats més rellevants del món medieval europeu. Era fill de pares barcelonins, però nasqué a Ciutat de Mallorca pocs anys després de la conquesta de l'illa pel rei Jaume I. De jove va compondre poesia galant de tradició trobadoresca fins que, arran d'una conversió religiosa radical, dedicà tota la seva vida i la seva obra a la conversió dels infidels i a la defensa de la fe cristiana. Fou un viatger tenaç que visità Roma, Gènova, París, Nàpols i Bolonya, així com indrets del nord d'Àfrica (Tunis) i l'orient de la Mediterrània (Xipre), sempre amb la intenció de divulgar el cristianisme. Aquest afany de veure món no va impedir-li la redacció d'una enorme producció llibresca –entorn de doscents cinquanta llibres escrits en català, en llatí i en àrab– ni la fundació d'una escola de llengües orientals a Miramar, al bell mig de la serra de Tramuntana, perquè els missioners hi aprenguessin àrab i poguessin difondre amb més eficàcia el cristianisme. Fou el primer pensador europeu que redactà llibres de filosofia en llengua romanç o neollatina, amb la qual cosa enriquí enormement el lèxic i la sintaxi del català, que convertí en una eina d'alta eficàcia expressiva. Per la mateixa raó, Llull fou el creador del català literari.

Del conjunt de la seva obra en prosa destaquen el *Llibre del gentil e los tres savis*, *Llibre de contemplació*, *Llibre de l'orde de cavalleria*, *Llibre d'Evast e Aloma e de Blaquerna son fill* i *Fèlix, o Llibre de meravelles*, que es tanca amb el deliciós apòleg d'intencionalitat política, *Llibre de les bèsties.* En la seva obra poètica es manifesta una experiència mística (*Llibre de contemplació* i *Llibre d'Amic e Amat*), i els seus versos recullen una notable influència de la Bíblia, sobretot del *Càntic dels Càntics.* També s'hi rastreja fervor marià (*Llibre de Sancta Maria,* i *Plant de la Verge*) i confessa, en altres poemes, el debat entre acció i contemplació, (*Lo desconhort*), així com el dolor dels moments de desencís (*Cant de Ramon*).

Les Cròniques

A partir de la segona meitat del segle XIII, coincidint amb la redacció de les primeres obres de Ramon Llull, apareixen les mostres més antigues de textos històrics en català, les anomenades quatre grans cròniques: *Llibre dels Feits*, de Jaume I el Conqueridor, la *Crònica de Bernat Desclot*, la *Crònica de Ramon Muntaner* i la *Crònica de Pere el Cerimoniós* que donen, en conjunt, una visió del que fou la corona catalanoaragonesa als segles XIII i XIV, l'època de la consolidació de Catalunya i de la seva expansió política i comercial per la Mediterrània.

El *Llibre dels Feits* és una crònica autobiogràfica, dictada per Jaume I, influïda per la tradició dels cantars de gesta i que posa l'èmfasi en les qualitats militars del rei i en la conquesta de València i Mallorca. La *Crònica de Bernat Desclot* va ser escrita pel tresorer reial Bernat Escrivà i és més rigorosa, des d'un punt de vista històric, perquè l'autor va tenir accés a la documentació de la Cancelleria, perquè actua com un cronista d'ofici i perquè continua el *Llibre dels Feits* adreçant-se als deu anys de regnat de Pere II el Gran, fill i successor de Jaume I. A les antípodes de Desclot, se situa l'empordanès Ramon Muntaner, cap d'almogàvers al servei de Roger de Flor, que no és un historiador professional sinó un militar que ha viatjat i ha viscut intensament. El seu testimoni és una prosa viva i eficaç, i els seus records s'allarguen pels cinc regnats que li foren contemporanis, de Jaume I fins a la coronació d'Alfons III el Benigne. Finalment, la *Crònica de Pere el Cerimoniós* enllaça amb el *Llibre dels Feits*, perquè és una obra vetllada pel mateix rei i es tracta d'una crònica personal, fruit de l'admiració del Cerimoniós pel llibre de Jaume I.

Del feudalisme a la crisi del segle XIV

Durant l'edat mitjana, l'Església va tenir un paper ideològic fonamental en la societat, bàsicament per dos motius: perquè era l'única institució que havia sobreviscut del temps antic i perquè, com a institució, s'havia integrat en l'estructura piramidal del feudalisme, raó per la qual els bisbes i els abats dels grans monestirs tenien un poder semblant al de la noblesa. Fou la mateixa Església, a més, qui beneí l'estructura feudal organitzada en tres estaments: l'eclesiàstic, dedicat a la pregària; el de la noblesa, sempre atrafegat per la guerra, i el dels súbdits, que treballaven la terra. Des de l'alta edat mitjana, l'Església s'anà enfortint cada cop més fins a poder assegurar un ordre de solidesa que funcionava a partir del model del cavaller cristià que: *a*) és fidel al senyor; *b*) lluita pel bé comú i *c*) s'entesta, mitjançant les croades, a cristianitzar el món pagà, vetllar per l'ortodòxia religiosa i recuperar Terra Santa.

A partir, però, de la segona meitat del segle XII, també s'havien desenvolupat les ciutats que aprofitaven els parèntesis de pau i de bonança per accelerar el comerç. A les ciutats no hi vivien súbdits vinculats a la terra, sinó homes lliures que treballaven en l'artesania, el comerç i les finances. Conformaven les beceroles d'una nova classe social, la burgesia, els grups que vivien en el «burg», una paraula d'arrel germànica que significa «ciutat». I és a les ciutats, mercès als oficis burgesos, on corren els diners i prosperen els artesans i comerciants. El fenomen de l'ascensió burgesa va ser comú a tot Europa, es va consolidar durant el segle XIII i va entrar en conflicte, a partir de mitjan segle XIV, amb la rigidesa del món feudal. Les propostes de canvi que plantejava aquesta burgesia van ser esperonades per la crisi del segle XIV, un daltabaix produït per una successió d'anys de males collites i els estralls de la temible Pesta Negra, que va delmar la població europea i va influir en el tomb de mentalitat de la societat. La presència obsessiva de la mort a causa d'aquesta epidèmia va contribuir a l'exaltació de l'instant, i va inspirar la satisfacció de viure i la recerca continuada del plaer. La vida va començar a veure's com un valor fràgil que calia aprofitar i del qual s'havia de treure tot el fruit possible. Era la filosofia del *carpe diem* d'Horaci, per bé que, en sentit invers, també es van estendre moviments religiosos i predicadors apocalíptics que parlaven de càstigs divins i declaraven que la pesta i les males collites no eren sinó una conseqüència dels pecats dels homes.

Tres moralistes del XIV

En la literatura catalana del XIV sobresurten tres moralistes fins a un cert punt antagònics: el franciscà gironí Francesc Eiximenis (1327-1409), el dominic valencià Sant Vicent Ferrer (1350-1419) i el franciscà mallorquí Anselm Turmeda (1352-1430). Tres escriptors religiosos que representen bé les tensions d'una societat en procés de canvi. Francesc Eiximenis va copsar la transformació històrica que es produïa al llarg del segle XIV i es va proposar d'aplegar el compendi de la vida del seu temps en els tretze volums del projecte anomenat *Lo Crestià*. Del conjunt enciclopèdic només va escriure'n quatre, a més d'un tractat angèlic, *Llibre dels àngels*, i un *Llibre de les dones*, sobre les virtuts i els vicis dels quatre estats femenins: les donzelles, les casades, les vídues i les monges. Sant Vicent Ferrer, per la seva banda, va ser un d'aquests predicadors apocalíptics, convençut de la propera fi del món, i la seva obra és formada pels prop de tres-cents sermons copiats al dictat, mentre predicava, pels frares del seu seguici. Finalment, Fra Anselm Turmeda fou un personatge singular que apostatà de la fe cristiana per convertir-se a l'islamisme. Va escriure en àrab la famosa *Tufha*, refutació raonada del cristianisme, i és autor, en català, de l'apòleg *Disputa de l'ase*, de les *Cobles de la divisió del regne de Mallorques* i del *Llibre de bons amonestaments*, que inclou el conegut poema *Elogi dels diners* on, tal com féu el seu coetani castellà Juan Ruíz, Arcipreste de Hita, posa de manifest el poder dels diners en la nova societat burgesa configurada per artesans i mercaders.

L'humanisme, Bernat Metge i la Cancelleria

Cap a la segona meitat del segle XIII s'havien començat a dibuixar, a les ciutats italianes de Florència, Venècia, Nàpols i Siena, les línies mestres d'un seguit de canvis que, d'una banda, trencaven el rígid esquematisme de la societat medieval i, de l'altra, anunciaven unes noves maneres d'entendre la vida. En oposició a la ideologia medieval, que considerava la vida una vall de llàgrimes i un camí per guanyar el cel, a les ciutats italianes dels segles XIII i XIV la vida es convertia en una finalitat en ella mateixa, es posava l'home al centre de l'Univers i es buscaven els mestres en els referents de l'antiguitat grecollatina. Aquest moviment de renovació anomenat humanisme tingué tres precursors cabdals en el món literari: Dante (1265-1321), Petrarca (1304-1374) i Boccaccio (1313-1375).

Si la cosmovisió medieval es basava en l'estudi de la ciència de Déu, la teologia, l'humanisme defensava l'home i el saber humà, i es presentava com una afirmació d'individualisme burgès oposada tant a les estructures feudals, com als qui havien estat, fins llavors, dipositaris del saber i la cultura: el clergat i l'Església. El temps medieval contemplava el món i els homes com a criatures de Déu, mentre que l'humanisme, sense necessitat de negar cap divinitat, orientava el seus interessos cap a l'estudi de l'home, el funcionament del seu cos, l'observació de la natura i el descobriment de les lleis que regeixen el món. Quan els pintors del Renaixement pintaven nu el cos humà, contribuïen a la idea d'igualar en essència tots els homes, i alhora representaven una nova concepció de la vida que, a poc a poc, desplaçava el Déu medieval del centre del món per situar-hi l'home, eix de la nova mentalitat humanista i renaixentista.

A Catalunya, durant el regnat de Pere III el Cerimoniós (1336-1387) s'estructurà la Cancelleria Reial, una nova organització administrativa del regne, atesa per una xarxa de funcionaris (escrivans, notaris i secretaris) que, per accedir al lloc de treball, havien de demostrar el seu domini de tres llengües: el llatí, llengua de comunicació europea, més les dues que eren oficials de la Corona d'Aragó, el català i l'aragonès. El mateix monarca, seduït per la cultura i atent als canvis del seu temps, afavorí l'entrada de l'humanisme a la Corona d'Aragó. En l'ambient culte i modern de la Cancelleria Reial es crià Bernat Metge (1340-1413), un home de lletres que fou dels primers a assimilar l'humanisme i que introduí Petrarca i Boccaccio en la cultura catalana. Entre les seves obres destaquen el poema al·legòric *Llibre de Fortuna e de Prudència* (1381) i *Lo somni* (1399), tots dos títols en la línia d'influències literàries que arribaven d'Itàlia, rere els mestratges dels esmentats Dante, Petrarca i Boccaccio.

El rei Joan I succeí el seu pare Pere III el Cerimoniós i va instaurar, el 20 de febrer de 1393, la festa de la Gaia Ciència a Barcelona. Ho féu responent a la crida del Consistori creat a Tolosa de Llenguadoc, amb la qual cosa, la poesia d'imitació provençal es va convertir en oficial. Tot al llarg de mig segle, de finals del segle XIV a mitjan segle XV, durant els regnats de Joan I, Martí l'Humà, Ferran I d'Antequera i Alfons IV el Magnànim, la lírica culta catalana va seguir el fil de la tradició trobadoresca que finalment trencà Ausiàs March i el seu vers tan conegut «Lleixant a part l'estil dels trobadors». Es tractava, en termes generals, d'una estètica freda, artificial i acadèmica, per bé que hi va sobresortir la singularitat de Jordi de Sant Jordi, Gilabert de Pròixita i Andreu Febrer. Jordi de Sant Jordi era valencià, havia nascut a finals del segle XIV i va viure vinculat a la cort d'Alfons el Magnànim, a qui va servir com a cambrer i de qui va rebre importants quantitats de diners. Acompanyà el rei en les expedicions de Còrsega, Sardenya i Nàpols, fou adobat cavaller pel mateix Magnànim i va morir l'any 1423 o el 1425. Poc abans havia caigut presoner del *condottiero* Francesco Sforza i, en una breu experiència a la presó, va compondre el poema conegut com «El presoner». La poesia de Jordi de Sant Jordi, malgrat una evident connexió trobadoresca, s'esforçà a obrir nous camins per a la lírica catalana i va saber combinar els temes, els motius i les formes de la pròpia tradició amb els que assimilà de la lectura de Petrarca i del seu amic de joventut Íñigo López de Mendoza, el marquès de Santillana.

El segle XV, la crisi de Catalunya

L'any 1410, en morir el rei Martí l'Humà sense descendència, va obrir-se a Catalunya la crisi successòria resolta amb el Compromís de Casp i l'entrada de la dinastia castellana dels Trastàmara a través de la figura de Ferran I, rei de Catalunya i Aragó. Mig segle abans, l'any 1358, s'havia creat la Diputació del General (la Generalitat), que, transformada en organisme polític, tenia la missió de controlar la monarquia i evitar els possibles abusos reials. La història feia via cap als canvis del Renaixement però, d'ençà una colla d'anys, la noblesa catalana vivia en conflicte constant amb una monarquia que, per la seva banda, buscava la complicitat de la burgesia i escoltava les queixes dels pagesos de remença subjectes als abusos feudals. A mitjan segle XV, Barcelona havia esdevingut una geografia de tensions entre els mercaders i menestrals de la Busca i la noblesa urbana de la Biga. Alfons IV el Magnànim, que hauria pogut exercir les funcions d'àrbitre, va triar quedar-se a Nàpols, després de la conquesta, regalant-se amb la cultura del Renaixement italià. La Generalitat, escarmentada per la llarga deserció del Magnànim, va voler aprofitar la seva mort, al juny del 1458, per fer saber al nou rei Joan II, que tenia fama d'autoritari, les velles reivindicacions dels catalans. No trigà a produir-se la ruptura entre el nou monarca i la Generalitat, que desembocà en la desastrosa guerra civil que assolà Catalunya i l'arruïnà entre el 1462 i el 1472.

València, capital literària

Mentre Catalunya vivia els horrors i les calamitats de la guerra, el Regne de València passava per un temps de prosperitat agrícola i mercantil. Fou una llarga bonança que va anar en paral·lel a un temps d'esplendor literària amb noms cabdals com Isabel de Villena (1430-1490), l'escriptora més important de la literatura medieval catalana, el gran poeta Ausiàs March, el prolífic escriptor Joan Roís de Corella, el narrador en vers Jaume Roig, autor de l'*Espill,* i el novel·lista Joanot Martorell, que va escriure *Tirant lo Blanc.*

Com s'ha dit, fins a l'arribada d'Ausiàs March (v. 1400-1459), la poesia catalana vivia sota la influència de la tradició trobadoresca. Ell fou el primer poeta que se n'allunyà de manera explícita («Lleixant a part l'estil dels trobadors / qui, per escalf, traspassen veritat») i que es desmarcà, també, de la cultura de tradició feudal. Poeta de l'amor, Ausiàs March elevà la intensitat de la lírica amorosa fins a la transcendència filosòfica i religiosa, i en el conjunt de la seva obra s'adverteix la presència de cicles amorosos que corresponen a dones diferents. D'aquests cicles, s'acostumen a remarcar els designats amb els senyals *Plena de seny* i *Llir entre cards*. L'excel·lència de la seva obra assenyala Ausiàs March com un escriptor llegit i culte, un poeta que havia reflexionat sobre aspectes transcendentals de la vida humana i que coneixia molt de prop els textos de l'escolàstica medieval.

Cavaller i mestre en teologia, Joan Roís de Corella era fill de Gandia (on havia nascut, també, Ausiàs March) i hi va viure durant la segona meitat del segle xv. Es creu que va néixer entre els anys 1433 i 1443, i va morir el 1497. Fou un autor exuberant en prosa i en vers, i va combinar en la seva obra els temes religiosos, profans i mitològics. Es considera que el cim de la seva literatura és una breu descripció en prosa d'un desengany amorós, la *Tragèdia de Caldesa*.

El segle xv, que és un dels moments més esplendorosos de la literatura catalana, es tanca amb dues novel·les singulars escrites entre els anys 1456 i 1468: *Curial e Güelfa*, d'autor anònim, i *Tirant lo Blanc*, de Joanot Martorell. Encara que totes dues obres s'han de relacionar amb la tradició artúrica que originà els llibres de cavalleries, el *Curial* i el *Tirant* se'n diferencien substancialment. Són novel·les esforçades a reflectir la realitat i a plantejar la narració com una història versemblant, just a l'inrevés dels llibres de cavalleries, narracions d'escenari fantàstic protagonitzades per cavallers mítics de qualitats extraordinàries i aventures impossibles. Dins del seu *El Quixot,* Cervantes va remarcar la grandesa de *Tirant lo Blanc* dient que «es el mejor libro del mundo».

La novel·la reporta les aventures del jove bretó Tirant lo Blanc d'ençà que és armat cavaller, a les festes d'unes noces reials a Anglaterra, fins a la seva mort, d'una pulmonia, a la ciutat d'Andrianòpolis. Entre el cap i la punta, la història de Tirant lo Blanc passa pels fets d'armes que el converteixen en el millor cavaller de les festes d'Anglaterra i, retornat a França, inicia un seguit d'aventures per la Mediterrània que el duran, primer, a Sicília, més tard a Rodes i, finalment, a l'Imperi Bizantí assetjat pels turcs. Quan hi arriba, Tirant és nomenat capità dels exèrcits grecs i la novel·la, en aquesta part grega, barreja les escenes bèl·liques amb les cortesanes, l'humor es carrega de sensualitat i erotisme, i per les seves pàgines desfilen un conjunt inoblidable de personatges com Carmesina, Plaerdemavida, la Viuda Reposada, Diafebus i Hipòlit. Les aventures de Tirant es traslladen cap al nord d'Àfrica fins que l'imperi queda alliberat i es segella la pau amb els turcs. A continuació, Tirant entra triomfal a la ciutat i l'emperador li concedeix el títol de cèsar i la mà de Carmesina. Un final feliç que no dura gaire perquè Tirant cau malalt d'una pulmonia, a conseqüència de la qual mor, i Carmesina, incapaç de suportar el dolor de la pèrdua, fineix de tristesa.

Selecció de poemes

Guillem de Berguedà

Cansoneta leu e plana

Cansoneta leu e plana,
leugereta, ses ufana,
farai, de mon Marques
del traichor de Mataplana,
q'es d'engan farsitz e ples.
A, Marques, Marques, Marques,
d'engan etz farsitz e ples.

Marques, ben aion las peiras
a Melgur depres Someiras,
on perdetz de las denz tres;
no.i ten dan que las primeiras
i son e non paron ges.
A, Marques, Marques, Marques,
d'engan etz farsitz e ples.

Del braç no.us pretz una figa,
que cabreilla par de biga
e portatz lo mal estes;
ops i auria ortiga
qe.l nervi vos estendes.
A, Marques, Marques, Marques,
d'engan etz farsitz e ples.

Cançoneta lleu i plana

[Versió moderna de Climent Forner]

Cançoneta lleu i plana,
lleugereta, sense ufana,
faré sobre Mon Marquès,
traïdor de Mataplana,
tan farcit d'engany i obès.
Ah, Marquès, Marquès, Marquès,
tan d'engany farcit i obès!

Benhagen, Marquès, les pedres
de Melgur, prop de Someiras,
on perdéreu de dents, tres;
no en sofriren les primeres
i no s'hi coneix pas res.
Ah, Marquès, Marquès, Marquès,
tan d'engany farcit i obès!

El braç no us val una figa,
sembla un cabiró de biga
i el porteu molt mal estès;
caldrien fregues d'ortiga
que el nervi us deixessin tes.
Ah, Marquès, Marquès, Marquès,
tan d'engany farcit i obès!

Marques, qui en vos se fia
ni a amor ni paria;
gardar se deu totas ves
qon qe.z an: an de clar dia,
de nuoitz ab vos non an ges.
A, Marques, Marques, Marques,
d'engan etz farsitz e ples.

Marques, ben es fols qui.s vana
c'ab vos tenga meliana
meins de brajas de cortves;
et anc fills de crestiana
pejor costuma non mes.
A, Marques, Marques, Marques,
d'engan etz farsitz e ples.

Marquès, qui de vós es fia
no té amor ni companyia;
ull viu, si vol sortir il·lès:
que vagi amb vós a ple dia,
de nit no li és permès.
Ah, Marquès, Marquès, Marquès,
tan d'engany farcit i obès!

És ben foll qui amb vós es vana
de sestar de bona gana
sense calçó cordovès;
no és de fill de cristiana
un costum tan poc cortès.
Ah, Marquès, Marquès, Marquès,
tan d'engany farcit i obès!

Glossa

En aquesta cançó, Guillem de Berguedà (1138-1192), noble bel·licós i buscabregues, fa un sirventès a Ponç de Mataplana, veí seu, a qui designa com a «Mon marquès» sense tenir-ne la condició, a l'hora que el tracta de traïdor i malfactor. Després d'aquesta primera mofa, en la segona cobla el ridiculitza per les dents que va perdre d'una bona morrada a Melgurs, per seguir, en la tercera, amb el seu físic esguerrat. I, encara, a la quarta, el tracta de falsari i lladre, i acaba a la cinquena, bo i denunciant la seva fama i condició d'homosexual que, en la poesia medieval, sempre servia per a insultar la persona atacada.

Forma

El poema s'estructura sobre cinc cobles de cinc versos heptasíl·labs cadascuna amb dos més de tornada.

Pràctica lectora

Elabora una llista de defectes i vicis que Guillem de Berguedà desgrana sobre Ponç de Mataplana.

Compara la tercera estrofa en la llengua original i la versió catalana moderna i remarca les paraules comunes a les dues llengües, occità o provençal i català.

Pràctica d'audició

Pots escoltar les adaptacions modernes que n'han fet diversos intèrprets:

Maria del Mar Bonet, *Breviari d'amor* (1982), Ariola, 74321 36298 2, amb l'adaptació de textos a càrrec de Toni Moreno i la música i els arranjaments de Jordi Sabatés.

També es troba a *Trobadors/cantadors* (2003), CD I, Produccions Blau / Govern de les Illes Balears, Conselleria d'Educació i Cultura, Palma de Mallorca.

Francesc Ribera, Titot (líder del grup Brams), *Guillem de Berguedà. Obra completa musicada* (2003), DM / Blau, DM 1132, Barcelona.

Cerverí de Girona

No·l prenatz lo fals marit

No·l prenatz lo fals marit,
Jana delgada!

I

No·l prenatz lo fals jurat,
que pec és, mal enseynat,
Jana delgada!

II

No·l prenatz lo mal marit
que pec és, ez adormit,
Jana delgada!

III

Que pec és, mal enseynat:
no sia per vós amat,
Jana delgada!

IV

Que pec és, ez adormit:
no jaga ab vós e·l lit,
Jana delgada!

No el prengueu, el fals marit

[Versió moderna de Climent Forner]

No el prengueu, el fals marit,
Jana abrinada!

I

No el prengueu, el fals jurat,
un ximplet mal educat,
Jana abrinada!

II

No el prengueu, el mal marit,
un babau molt ensopit,
Jana abrinada!

III

Boig i tan mal educat,
no sigui per vós amat,
Jana abrinada!

IV

De tan neci i ensopit,
que no jegui amb vós al llit,
Jana abrinada!

V

No sia per vós amat:
mel s val cel c'avetz privat,
Jana delgada!

VI

No jaga ab vós e·l lit:
me l s vós i valrà l'amit,[1]
Jana delgada!

1. *amit*, tela que el sacerdot es posa a l'esquena per celebrar alguns actes litúrgics.

V

No sigui per vós amat:
val molt més l'amic privat,
Jana abrinada!

No estimis amb aquesta persona, val més tenir un amic

VI

Que no jegui amb vós al llit:
més us hi valdrà l'amic,
Jana abrinada!

No et posis amb ell al llit més val que et posis amb l'amant.

Glossa

Cerverí de Girona (documentat entre 1259-1285) és l'últim gran poeta de tradició trobadoresca catalana. Era originari de Cervera, en realitat es deia Guillem de Cervera, però adoptà el nom joglaresc de Cerverí de Girona, arran que el rei Jaume I li concedí unes terres al Gironès. Va ser trobador àulic a la cort dels Cardona i poeta oficial de les corts de Jaume I el Conqueridor i Pere II el Gran.

En aquest poema tracta de la malcasada en forma de viadera, un gènere líric construït amb paral·lelisme estròfic d'origen popular i *lexa preu* (a l'estil de les *cantigas de amigo*). Cerverí és autor d'una obra dilatada i diversa i es permeté en molts casos la innovació. Així, fa servir la rima «lit», en lloc de la forma occitana «lech» que hauria estat pertinent, per aconseguir l'assonança amb «mic».

Forma

Aquí l'expressió *delgada* ve del llatí *delicatus*: tendra i delicada, a partir d'un refrany o aparellat que s'anirà repetint i la segona part del qual tanca els sis tercets que componen la viadera. Els versos tenen una distribució sil·làbica de 7/7/4 amb l'esquema de rima: a/a/b//c/c/b//a/a/b//c/c/b//a/a/b//c/c/b.

Pràctica lectora

Amb l'ajuda del diccionari treballeu el significat dels mots *pec* i *betzol.* Cerca al diccionari quina de les definicions de l'entrada *abrinat, -da* s'ajusta més al sentit del vers.

Gradua, segons el teu criteri, de menys a més insultants, els adjectius amb què es defineix el marit.

Pràctica d'audició

Pots escoltar-ne la següent interpretació:

Celdoni Fonoll, *Recital 1000. Enllà del temps*, Barcelona, Audiovisuals de Sarrià (1989).

RAMON LLULL

A vós, dona verge santa Maria

A vós, Dona Verge Santa Maria,
dó mon voler, qui·s vol enamorar
de vós tan fort que sens vós no volria
en nulla re desirar ni amar;
car tot voler ha melloria
sobre tot altre que no sia
volent en vós, qui és maire d'amor.
Qui vós no vol, no ha d'on s'enamor.

Pus mon voler vol vostra senyoria,
lo meu membrar e·l saber vos vull dar;
car sens voler, Dona, jo què·ls faria?
E vós, Dona, si·us plai, façats membrar,
entendre, amar a clerecia,
per ço que vagen en Suria
los infeels convertir, preïcar,
e·ls crestians facen pacificar.

Mant hom se vana que morria
pel vostre fill, si loc venia;
mas paucs són cells qui·l vagen preïcar
als infeels, car mort los fai dubtar.

A vós, dona verge santa Maria

[Versió moderna de Climent Forner]

A vós, Dona Verge Santa Maria
es dóna tot qui es vol enamorar
de vós tan fort que ja res no voldria,
si vós no hi sou, desitjar ni estimar;
car tot voler milloraria
sobre tot altre que no sia
el vostre amor, vós mare de l'amor;
qui no us estima cau en desamor.

Ja que en mi vull la vostra senyoria,
tot el que sé i recordo us vull donar,
car altrament, Dona, jo què en faria?
I vós, Dona, si us plau, feu recordar,
capir i voler a la clerecia
que a Síria prest anar caldria
els infidels a convertir i parlar
i els cristians també a pacificar.

Més d'un prou diu que moriria
pel vostre Fill, si convenia,
però són pocs, per por de morir allà,
els que gosen anar-lo a predicar.

Glossa

Aquesta cançó, inclosa en el capítol LXXVI del Llibre III del *Llibre d'Evast e Blanquerna* de Ramon Llull (Ciutat de Mallorca v.1232 - v. 1315), escrit entre 1278 i 1294, és un poema d'amor, «contrafet a l'espiritual», adreçat a la Mare de Déu. Llull, autor de cançons amoroses trobadoresques que es perderen arran de la seva conversió, aquí aplica les tècniques formals i temàtiques de l'amor cortès per fer una cançó d'amor religiós. És el cas que el personatge canonge de Persecució passa per davant d'una taverna plena de goliards i tafurs, hi entra, es confon entre ells i prenent vi, canta i balla mentre els engega aquesta cançó amb la finalitat de fer-los canviar de vida. Hi exalta la bellesa, l'amor i la importància de la Mare de Déu, per acabar pregant-li que faci que molts vagin a Suria (Síria), referint-se a l'Orient Mitjà, a predicar i convertir infidels i a pacificar els cristians, alhora que remarca la perillositat de l'empresa.

Forma

El poema s'organitza amb tres cobles, dues de vuit versos i la darrera, de quatre. La mètrica consta de sis versos decasíl·labs i dos d'octosíl·labs (el cinquè i el sisè). L'esquema de rima és: 10A/10B/10A/10B/8A/8A/10C/10C//10A/10B/10A/10B/8A/8A/10A/10A//8B/8B/10A/10A.

Pràctica lectora

Localitza els dos versos de la primera cobla que evidencien el respecte i l'amor filial cap a la Mare de Déu. Comprova que, en canvi, en la resta de versos si substitueixes el nom de Santa Maria pel d'una dona, pot transmetre el sentit profà de l'amor. D'aquesta tècnica, se'n diu «contrafer a l'espiritual».

Pràctica d'audició

Pots escoltar aquest poema musicat i cantat per Dolors Laffitte:

Els Trobadors, *Et adés serà l'alba* (1991), Sonifolk CDF 1016, o a *Trobadors/cantadors* (2003), CD I, Produccions Blau / Govern de les Illes Balears, Conselleria d'Educació i Cultura, Palma de Mallorca.

Anselm Turmeda

Elogi dels diners

Diners de tort fan veritat,
e de jutge fan advocat,
savi fan tornar l'hom orat,
pus que d'ells haja.

Diners fan bé, diners fan mal,
diners fan l'home infernal
e fan-lo sant celestial
segons que els usa.

Diners fan bregues e remors,
e vituperis e honors,
e fan cantar preïcadors
Beati quorum.

Diners alegren los infants
e fan cantar los capellans
e los frares carmelitans
a les grans festes.

Diners magres fan tornar gords,
e tornen ledesmes los bords,
si diràs «jas» a hòmens sords
tantost se giren.

Elogi dels diners

[Versió moderna de Llorenç Soldevila]

Diners del fals fan veritat,
i de jutge fan advocat;
savi fan tornar l'home boig,
com més en tingui

Diners fan bé, diners fan mal,
diners fan l'home infernal
i el fan sant celestial,
segons qui els usa.

Diners fan bregues i remors,
i vituperis i honors,
i fan cantar predicadors:
Beneïts aquells.

Diners alegren els infants
i fan cantar els capellans
i els frares carmelitans
a les grans festes.

Diners als prims fan tornar plens
i tornen legítims els bords.
Si diràs «té» a homes sords,
aviat es giren.

Diners tornen los malalts sans,
moros, jueus e crestians
leixant a Déu e tots los sants
diners adoren.

Diners fan vui al món lo joc
e fan honor a molt badoc,
a qui diu «no» fan-li dir «hoc»,
vejats miracle!

Diners, doncs, vulles aplegar,
si·ls pots haver no·ls leixs anar;
si molts n'hauràs poràs tornar
Papa de Roma.

Si vols haver bé e no dan
per advocat té sent «Jo-ha'n».
Totes coses per ell se fan
en esta vida.

Diners tornen els malalts sans;
moros, jueus i cristians,
deixant a Déu i tots els sants,
diners adoren.

Diners fan ara al món el joc,
i fan honor a molt badoc;
a qui diu «no» fan-li dir «sí».
Vegeu miracle!

Diners, doncs, vulguis aplegar.
Si els pots haver no els deixis nar;
si molts n'hauràs podràs tornar
papa de Roma.

Si vols haver bé i no dany
per advocat té sant Joan.[1]
Totes coses per ell se fan,
en esta vida.

1. A l'original, es fa un joc de paraules: *Johan* = Joan; *jo ha'n* = jo en tinc.

Glossa

Anselm Turmeda (Mallorca, c. 1352 - Tunis, c. 1430), frare franciscà que personifica com cap altre autor la gran crisi espiritual que afectà Occident a finals del segle XIV. El 1387 apostata de la fe cristiana i es trasllada a Tunis, on es casa, gaudeix dels favors del soldà i ocupa càrrecs d'importància. El poema és un mordaç retrat dels usos i costums del món cristià, sobretot de les classes dominants, que al marge de la fe i dels deures morals posaven en pràctica les formes més detestables d'engany i corrupció. El mateix papa era elegit massa vegades per mitjà del sistema que se'n deia simonia, és a dir que es comprava el càrrec amb diners, influències i pactes. En definitiva, la tesi de Turmeda és que els diners poden capgirar el món i qui en té pot fer i desfer al marge de les normes i lleis establertes. El poema forma part del *Llibre de bons amonestaments* escrit pels volts de 1397.

Forma

Poema compost de nou estrofes de quatre versos, tres d'octosíl·labs i un tetrasíl·lab que segueixen l'esquema de rima: 8A/8A/8A/4b.

Pràctica lectora

Tria els versos que et semblin aplicables a comportaments del món d'avui.

Digues de quina figura retòrica parlem quan el primer vers de cada estrofa comença amb la mateixa paraula.

Fes una llista de mots que avui no usem amb la freqüència del segle XIV però que són al diccionari normatiu. Posa'n algun sinònim més usat modernament. Per exemple, *orat*: boig.

Pràctica d'audició

Pots escoltar-ne la següent interpretació:

Raimon integral 121 cançons (1993), CD 4, Auvidis / Generalitat de Catalunya.

Jordi de Sant Jordi

Presoner

Deserts d'amics, de béns e de senyor,
en estrany lloc i en estranya contrada,
lluny de tot bé, fart d'enuig e tristor,
ma voluntat e pensa caitivada,
me trob del tot en mal poder sotsmès,
no veig algú que de mé s'haja cura
e soi guardats enclòs, ferrats e pres,
de què en fau grat a ma trista ventura.

Eu hai vist temps que no em plasia res,
ara em content de ço qui em fai tristura,
e los grillons lleugers ara preu més
que en lo passat la bella brodadura.
Fortuna vei que ha mostrat son voler
sus mé, volent que en tal punt vengut sia;
però no em cur, pus hai fait mon dever
ab tots los bons que em trob en companyia.

Car prenc conhort de com sui presoner
per mon senyor, servint tant com podia,
d'armes sobrat e per major poder,
no per defaut gens de cavalleria.
E prenc conhort quan no puc conquerir
haver en res sens que treball no senta,

Presoner

[Versió moderna de Climent Forner]

Privat d'amics, de béns i de senyor,
en estrany lloc i en estranya contrada,
lluny de tot bé, fart d'enuig i tristor
tant voluntat com pensa captivada,
a un mal poder em trobo ben sotmès,
no veig ningú que de mi tingui cura,
sóc vigilat, tancat, fermat i pres,
cosa a agrair a la meva desventura.

Temps he viscut que no em plaïa res;
ara el meu cor la tristesa fretura
i aquests grillons crec que són més lleugers
que del passat la bella brodadura.
Si fins aquí la Fortuna el poder
que té damunt de mi mostrar volia,
no em trobo pas, el meu deure acomplert
amb tots qui em fan bona companyia.

Car prenc conhort, essent-ne presoner,
pel meu senyor a qui de cor servia,
d'armes sobrat i per major poder,
no per defalt[1] gens de cavalleria.
I prenc conhort quan no puc assolir
posseir res sense fatiga lenta,

1. *defalt*, defecte.

mas d'altra part cuid de tristor morir
com vei que el món del revers se contenta.

Tots aquests mals no em són res de sofrir
en esguard d'u qui el cor me destenta
e em fai tot jorn d'esperança partir:
com no vei res que ens avanç d'una espenta,
en acunçar nostre deslliurament,
e més que vei ço que ens demana Sforça
que no sofir algú raonament,
de què llangueix ma virtut e ma força.

Per què no sai ni vei res al present
que em puixa dar en valor d'una escorça,
mas Déu tot sol, de qui prenc fundament
e de qui fiu, i-z ab qui mon cor s'esforça;
e d'altra part del bon rei liberal,
qui em socorrec per gentilesa granda,
lo qui ens ha mès del tot en aquest mal,
que ell me'n traurà, car soi jus sa comanda.

Tornada

Reis virtuós, mon senyor natural,
tots al present no us fem altra demanda,
mas que us record que vostra sang reial
mai defallí al qui fos de sa banda.

tot i que estic a bon punt de morir
de trist, quan veig que el món se m'acontenta.

Tots aquests mals són fàcils de sofrir
en esguard d'un que el cor molt em turmenta
i em fa posar a l'esperança fi:
el fet que res m'anima ni m'empenta
cap a assolir nostre alliberament,
i més quan veig el que ens demana Sforza
que no s'avé a cap raonament,
cosa que em fa minvar virtut i força.

Per tot això no veig res de moment
que tingui més valor que el d'una escorça,
fora de Déu, en qui crec fonament
i crec a ull cluc, ja que el meu cor reforça;
també del rei, el bon rei liberal
que m'ajuda tan gentilment a banda
i ens ha posat del tot en aquest mal,
i ell me'n traurà, car ell és qui em comanda.

TORNADA

Rei virtuós, senyor meu natural,
tots els presents us fem una damanda:
que recordeu que vostra sang reial
no decebé els de la vostra banda.

IDEES

Sforça
↓
NOBLE NO L'AJUDA

DEU CREU AMB ELL

REI CREU AMB ELL PERQUÈ ES HA FICAT ALLÀ

Glossa

Jordi de Sant Jordi (València, darreries del segle XIV - 1424/1425) era cavaller del rei Alfons el Magnànim. El 1420 participà al costat d'Ausiàs March i Andreu Febrer en l'expedició a Sardenya i Còrsega i el 1422 és atestat a Nàpols on cau presoner de les tropes de Francesco Sforza. D'aquest fet s'origina el poema, que des de la primera estrofa ja evidencia la solitud i la desolació per la captivitat. En la segona, tracta de les comoditats i luxes que tenia abans d'esdevenir captiu. L'única cosa que, momentàniament, el consola és pensar que ha complert la seva obligació envers el seu senyor (cobla tercera). De tots els mals que pateix, n'hi ha un que li trastorna el cor: que allò que exigeix Sforza per alliberar-lo no està al seu abast. Només li queda, enmig de tanta dissort, esperar l'ajut de Déu i la intervenció del rei a favor seu, i acaba amb una proclama al sobirà que, com ha fet sempre, no abandoni aquell que ha estat al seu costat.

Forma

Poema format per cinc cobles de vuit versos decasíl·labs i una que fa de tornada o conclusió de quatre versos. Els decasíl·labs tenen cesura a la quarta síl·laba. La rima que es repeteix amb variants és cadenoencadenada: 10A/10B/10A/10B/10C/10D/10C/10D.

Pràctica lectora

Destria els versos que segons el teu parer mostren més clarament la solitud del cavaller i aquells on s'expressen més fortament els lligams amb el seu senyor el rei Alfons el Magnànim.

Digues en quins versos o estrofes la mala sort és tractada com l'única responsable de la situació del poeta.

En quin moment el poeta parla de l'esperit cavalleresc?

Pràctica d'audició

Pots escoltar la següent interpretació del poema:

Raimon integral 121 cançons (1993), CD 4, Auvidis / Generalitat de Catalunya.

Ausiàs March

Així com cell qui es veu prop de la mort,
corrent mal temps, perillant en la mar,
e veu lo lloc on se pot restaurar
e no hi ateny per sa malvada sort,
en pren a me, qui vaig afanys passant
e veig a vós, bastant mos mals delir:
desesperat de mos desigs complir,
iré pel món vostre ergull recitant.

[Versió moderna de Climent Forner]

Tal com aquell qui es veu prop de la mort,
patint mal temps i perills en la mar,
i veu el lloc on es podrà salvar,
però no el pot atènyer per dissort,
m'esdevé a mi que vaig molts mals passant
i veig que vós me'ls podríeu guarir.
Desesperat, insatisfet de mi,
el vostre orgull aniré proclamant.

Glossa

És el poema amb el número LXXXI de l'obra catalogada d'Ausiàs March (Gandia, 1400 - València, 1459), forma part del cicle «Llir entre cards». El poeta compara el seu amor per la dama amb els perills que un home passa en plena tempesta en el mar. Ni el lloc que albira que el podria salvar, en el cas de March, l'amor de la dama no està al seu abast i, a causa de la dissort del destí, constata la indiferència de la dama envers ell. Només li queda una sortida, en part venjativa: anar difonent el seu orgull pertot.

Forma

El poema, una cobla de vuit versos decasíl·labs amb rima creu-creuada: 10A/10B/10B/10A/10C/10D/10D/10C, s'inicia amb una fórmula molt freqüent en l'estil ausiasmarquià: «Així com cell...», una comparació que li serveix per quantificar el dolor, la tristesa, la solitud que, a causa del desamor de la dama, el tenen desesperat.

Pràctica lectora

Assenyala una hipèrbole i els versos que se serveixen del recurs retòric de l'anàfora.

Pràctica d'audició

Pots escoltar la versió musicada que en féu Raimon a la dècada dels seixanta del segle passat a:

Raimon integral 121 cançons (1993), CD 4, Auvidis / Generalitat de Catalunya.

Ausiàs March

Colguen les gents ab alegria festes,
lloant a Déu, entremesclant deports,
places, carrers e delitables horts
sien cercats ab recont de grans gestes,
e vaja jo los sepulcres cercant,
interrogant ànimes infernades,
e respondran, car no són companyades
d'altre que mi en son contínuu plant.

Cascú requer e vol a son semblant,
per ço no em plau la pràtica dels vius:
d'imaginar mon estat són esquius,
sí com d'hom mort de mi prenen espant.
Lo rei xiprè, presoner d'un heretge,
en mon esguard no és malauirat,
car ço que vull no serà mai finat,
de mon desig no em porà guarir metge.

Cell Teixion qui el buitre el menja el fetge
e per tots temps brota la carn de nou,
e en son menjar aquell ocell mai clou,
pus fort dolor d'aquesta em té lo setge,
car és un verm qui romp la mia pensa,
altre, lo cor, qui mai cessen de rompre,
e llur treball no es porà enterrompre
sinó ab ço que d'haver se defensa.

[Versió moderna de Climent Forner]

Que alegrement la gent celebri festes
tant lloant Déu com divertint-se a pler;
jardins, carrers i places facin ple
i que també s'hi narrin les grans gestes,
mentre jo, els seus sepulcres visitant,
consultaré les ànimes damnades,
i em respondran sentint-se acompanyades
només per mi en el continu plant.

Tothom es fa amb qui li és semblant,
per això a mi no em plau fer-me amb els vius:
del meu estat es mostren tan esquius
que em veuen com un mort que infon espant.
Captiu, el rei de Xipre, de l'heretge,
al meu semblar no és pas més malaurat:
com que el que vull no em serà mai donat,
d'aquest desig no em pot guarir cap metge.

Si Tici, a qui el voltor es menja el fetge
mentre la carn li va brotant de nou
i de menjar l'ocell mai no en té prou,
pateix, a mi més fort dolor m'assetja:
mentre un corc em rosega la pensa,
tinc l'altre dins el cor de nit i dia,
i aquest rosec tan sols s'aturaria
amb allò que no puc haver en defensa.

E, si la mort no em dugués tal ofensa,
fer mi absent d'una tan plasent vista,
no li graesc que de terra no vista
lo meu cos nuu, qui de plaer no pensa
de perdre pus que lo imaginar
los meus desigs no poder-se complir,
e, si em covingué mon derrer jorn finir,
seran donats térmens a ben amar.

E, si en lo cel Déu me vol allogar,
part veure a Ell, per complir mon delit
serà mester que em sia dellai dit
que d'esta mort vos ha plagut plorar,
penedint vós com per poca mercè
mor l'ignocent e per amar-vos martre,
cell qui lo cos de l'arma vol departre
si ferm cregués que us dolríeu de se.

Llir entre cards, vós sabeu e jo sé
que es pot bé fer hom morir per amor:
creure de mi que só en tal dolor,
no fareu molt que hi doneu plena fe.

I si la mort no em suposés l'ofensa
de fer-me absent d'un tan bell panorama,
ja pot vestir de fang, ordint la trama,
el meu cos nu, si vol: aquest no pensa
en cap plaer fora d'imaginar
que els meus desigs no es podran mai complir,
i si em calgués posar a la vida fi,
el bon amor s'haurà de limitar.

És més: si al cel Déu em vol col·locar,
per tal que el meu delit sigui complit,
més enllà d'Ell caldrà que em sigui dit
que aquesta mort a vós us féu plorar
sabent-vos greu de la poca mercè
a l'innocent i màrtir dispensada,
qui vol del cos l'ànima separada
si és que de vós el condol pot haver.

Llir entre cards, a ambdós no ens cal saber
que es pot donar la vida per amor:
creure de mi que sóc en tal dolor,
no fareu molt donant-hi plena fe.

Glossa

És el poema número XIII de l'obra catalogada d'Ausiàs March i que també forma part com l'anterior poema del cicle amorós de «Llir entre cards». El poeta l'inicia amb una detallada descripció del divertiment, tret de modernitat en la poesia de l'època, i el contraposa a la seva actitud d'acostar-se a la tristesa i la solitud dels morts, de «les ànimes damnades», com ara la seva, damnada per manca d'amor. Defensa el dret de cadascú d'ajuntar-se amb qui li plagui, alhora que comprova que tothom l'evita en veure'l en l'estat anímic en què es troba. Es compara a la dissort del rei de Xipre[1] i al patiment de Tició,[2] sabent que el guariment que li caldria no el podrà aconseguir. Ha arribat a tanta desventura a causa del desamor de la dama que només s'avé a deixar aquest món d'infelicitat si tingués la certesa que la dama ploraria la seva absència, cosa ben dubtosa. La conclusió, a la tornada, s'adreça a la dama amb el *senhal* de «Llir entre cards», dient-li que tot home pot morir i que si així li passa a ell, la dama serà la notària de tanta dissort.

Forma

Poema estructurat per cinc cobles de vuit versos decasíl·labs amb una tornada de quatre que segueixen l'esquema de rima creu-creuada: 10A/10B/10B/10A/10C/10D/10D/10C. Ausiàs March utilitza el decasíl·lab de tradició catalana, amb cesura a la quarta síl·laba.

Pràctica lectora

Relaciona amb qui es compara el poeta en la seva situació de desamor.

1. Referència molt contemporània a Janus de Lusignan, el malaurat rei cristià de Xipre, el qual va ser fet presoner pel sultà mameluc Barsbei el 5 de juliol de 1426, a la batalla de Quiroquitia, moment culminant de la invasió mahometana d'aquella illa.

2. *Teixion*: Tició, gegant mitològic. Quan va tractar de violar la bella Latona, els fills d'aquesta, Apol·lo i Diana, el van matar, i va ser condemnat a l'infern.

Pràctica d'audició

Pots escoltar la versió musicada que en va fer Raimon a la dècada dels anys seixanta del segle passat a:

Raimon integral 121 cançons (1993), CD 4, Auvidis / Generalitat de Catalunya.

Joan Roís de Corella

La balada de la garsa i l'esmerla

Ab los peus verds, los ulls e celles negres,
penatge blanc, he vista una garsa,
sola, sens par, de les altres esparsa,
que del mirar mos ulls resten alegres;
i, al seu costat, estava una esmerla,
ab un tal gest, les plomes i lo llustre,
que no és al món poeta tan il·lustre,
que pogués dir les llaors de tal perla;
i, ab dolça veu, per art ben acordada,
cant e tenor, cantaven tal balada:

«De mal que pas no puc guarir,
si no em mirau
ab los ulls tals, que puga dir
que ja no us plau
que jo per vós haja a morir.
Si muir per vós, llavors creureu
l'amor que us port,
e no es pot fer que no ploreu
la trista mort
d'aquell que ara no voleu;
que el mal que pas no em pot jaquir,
si no girau
los vostres ulls, que em vullen dir
que ja no us plau
que jo per vós haja de morir.»

La balada de la garsa i l'esmerla

[Versió moderna de Climent Forner]

Amb els peus verds, els ulls i celles negres,
plomatge blanc, he clissat una garsa,
sola del tot, de les altres esparsa,
que ha fet que els ulls se'm tornessin alegres.
Hi havia molt a frec seu una merla,
amb un gest tal i amb tals plomes i llustre,
que al món no hi ha poeta tan il·lustre
capaç de dir les gràcies de tal perla;
molt dolçament i amb veu molt afinada,
a doble cor cantaven tal balada:

«Del mal que tinc no puc guarir,
si no em mireu
amb uns ullets que pugui dir
que ja no us plau
que hagi per vós jo de morir.
Morint per vós, l'amor creureu
que us porto al cor,
i no pot ser que no ploreu
la trista mort
d'aquell que ara no estimeu;
que el mal que tinc no fuig de mi,
si no girau
els vostres ulls, que em vulguin dir
que ja no us plau
que hagi per vós jo de morir.»

Glossa

La balada era un gènere conreat pels trobadors per tal de cantar històries d'amor. Tenia sempre acompanyament musical i fins i tot es podia dansar. La present balada de Joan Roís de Corella (Gandia, c. 1433/1443 - València, 1497), organitzada en dues parts, primer presenta els protagonistes, dos ocells, una garsa i un esmerla o merla, que seran els encarregats d'establir un diàleg amorós que, de ben segur, corresponia als sentiments entre el poeta i la dama. De fet, novament, una història de desamor, un mal del qual no es pot «jaquir» (curar) si la dama no gira els ulls envers l'amat i li diu que ja no li plau que mori pel desamor d'ella.

Forma

La primera part de la balada, els deu primers versos, són decasíl·labs amb rima creu-creuada i amb dos versos aparellats. La segona part, la declaració amorosa, la constitueixen catorze versos de vuit i quatre síl·labes amb l'esquema de rima següent: 10A/4b/10A/4b/10A/10C/4d/10C/4d/10C/10A/4e/10C/4e/10C.

Pràctica lectora

Quin és l'element corporal que pren el protagonisme absolut a l'hora de decidir sobre el futur de l'amant?

Pràctica d'audició

Pots escoltar dues musicacions diferents d'aquest poema de Joan Roís de Corella:

Raimon integral 121 cançons (1993) CD 4, Auvidis / Generalitat de Catalunya.

Josep Tero, *Sal* (2002), Picap, 91 0220/03.

II. Del segle xvi al xix.
Decadència i Renaixença

Del segle XVI al XVIII

Entre els segles XVI i XVIII, l'activitat literària catalana es va veure afectada per una pèrdua sensible de consciència lingüística i perquè, de manera paral·lela, va entrar en un procés de decadència i davallada en la producció d'una literatura de qualitat. A l'hora de raonar la caiguda, s'apunten causes diverses, que comencen amb les guerres del segle XV, l'enfrontament de la Generalitat amb Joan II i les revoltes remences, que van suposar l'empobriment de la burgesia i un descens important de població a causa de les epidèmies de pesta. A aquests motius, cal afegir el canvi d'escenari derivat del descobriment d'Amèrica, amb l'afebliment de la potencialitat comercial mediterrània, la seva substitució per la puixança atlàntica i la prohibició als ports catalans de mercadejar amb Amèrica. A més, els conflictes civils que havien arruïnat Catalunya a la segona meitat del XV es van desplaçar a València i Mallorca, amb les revoltes de les Germanies i els Agermanats a partir del XVI. Cal afegir-hi encara la catàstrofe econòmica que suposà l'expulsió dels jueus, primer, i dels moriscos valencians, després; les dificultats del comerç de la Mediterrània a causa de la pirateria turca i les conseqüències del bandolerisme a Catalunya. Finalment, també cal tenir en compte que la cort reial es traslladà fora de Barcelona després del matrimoni dels Reis Catòlics, en una època com el Renaixement, en què la cultura era àulica i es produïa a l'entorn de la cort. La personalitat política dels Països Catalans s'afebleix, la noblesa catalana es castellanitza, les institucions perden pes i prestigi, i l'absentisme monàrquic, iniciat ja en temps dels Trastàmara, es consolida amb els reis de la casa d'Àustria i amb els Borbons.

D'altra banda, durant els segles XVI i XVII, les lletres catalanes van patir la pressió de dues literatures veïnes que llavors rodaven per un dels moments més esplendorosos de la seva història: la literatura francesa tenia autors com Molière, Racine i Corneille, i la literatura castellana passava per l'anomenat Siglo de Oro, amb Cervantes, Lope de Vega, Góngora i Quevedo com a protagonistes destacats. Tot i la represa de l'economia catalana del segle XVIII, aquesta decadència s'acabà d'accentuar amb el desenllaç de la Guerra de Successió (1702-1714) i els decrets de Nova Planta (1707-1716), que comportaren, per a les terres de parla catalana, una gravíssima repressió cultural, la prohibició de l'ús i l'ensenyament del català i la supressió de les institucions de govern i de la Universitat de Barcelona.

La literatura del Renaixement i del Barroc

L'Europa dels segles XVI i XVIII va viure sota l'enorme impacte de la Reforma de Luter i la Contrareforma catòlica endegada pel concili de Trento, origen de greus tensions bèl·liques i ideològiques. Al llarg del segle XVI, l'activitat literària catalana es va moure en un marc d'efervescència humanista on aviat arribà l'*erasmisme*. Aquest corrent renovador, que partia d'Erasme de Rotterdam, fou un clar precedent de la Reforma luterana, i s'introduí als Països Catalans amb l'obra, entre d'altres, del valencià Joan Lluís Vives, un dels grans humanistes europeus del segle XVI, amic personal d'Erasme, víctima de la Inquisició i que va escriure tota la seva obra en llatí. També hi incidí l'assaig de Cristòfor Despuig, *Los col·loquis de la insigne ciutat de Tortosa*, sis diàlegs en prosa entre un cavaller valencià i dos tortosins, un dels quals és el mateix Despuig, que parlen de política, història i religió, divaguen sobre lectures i critiquen el poder temporal de l'Església. Pel que fa a la poesia, al llarg del segle XVI van destacar Pere Serafí, Joan Timoneda i Joan Pujol, cruïlla de la influència d'Ausiàs March, la tradició provençal i la innovació italianitzant que els arribava de la literatura castellana (Boscà i Garcilaso de la Vega), per bé que Serafí i Timoneda també mostren influències de la poesia popular i tradicional.

Durant el segle XVII, el barroc català va ser tributari de les formes castellanes, com ho recorda l'obra dels escriptors Francesc Vicent Garcia, Francesc Fontanella i Josep Romeguera, tocats tots tres per la forta influència del barroc espanyol i per un notori grau de castellanització de la pròpia literatura, element que era considerat senyal de distinció i modernitat. La fama de Francesc Vicent Garcia (1579-1623), el popular Rector de Vallfogona, ha esdevingut llegendària, sobretot per la seva poesia d'imitació de Quevedo, on busca l'agudesa i la caricatura, l'enginy i l'estirabot, l'obscenitat i els jocs de paraules. Tot i això, Francesc Vicent Garcia també va esmerçar-se en la redacció d'elegants sonets amorosos, amb una hàbil construcció retòrica i un llenguatge artificiós i solemne.

El segle XVIII: Il·lustració i Neoclassicisme

El segle XVIII va ser protagonitzat per la profunda transformació ideològica i social que suposà l'ascensió al poder de la burgesia, en detriment de la vella guàrdia aristocràtica. Els vells litigis entre nobles i burgesos, encetats en la tardor medieval, van continuar en el Renaixement i es van concretar, a la segona meitat del XVIII, amb el triomf dels interessos d'una burgesia que, al llarg dels darrers segles, havia consolidat el poder econòmic i necessitava controlar el polític per accentuar la seva expansió. Per aconseguir-ho, va comptar amb el suport dels il·lustrats, els pensadors del XVIII, que van imposar el culte a la raó sobre la doctrina de l'Església basada en la fe. El segle XVIII fou el Segle de les Llums, el de l'imperi de la raó i els coneixements enciclopedistes. A partir del racionalisme crític de Descartes i de Locke, a França van començar a sortir pensadors com Montesquieu, Rousseau, Voltaire i Diderot que plantejaven l'abolició dels privilegis aristocràtics, criticaven l'actitud d'una Església massa a tocar del poder, dubtaven que el poder absolut pogués recaure en una sola persona, defensaven els drets naturals dels ciutadans i es van fixar en els canvis esdevinguts a Anglaterra, on la burgesia era l'ànima d'una societat que progressava políticament i econòmica, i havia estat capaç de frenar els abusos de la noblesa al Parlament. El paper crític dels il·lustrats va preparar el gran canvi en l'escenografia de la història contemporània, el de les revolucions burgeses, el paradigma de les quals fou la Revolució Francesa endegada l'any 1789.

La feina de la Il·lustració i dels il·lustrats va ser, sobretot, ideològica i didàctica. Des d'un punt de vista estètic, el segle XVIII va optar per un retorn a l'harmonia de les formes clàssiques, el Neoclassicisme, fins que, amb l'inici de les revolucions burgeses, esclatà també el romanticisme. A la literatura catalana, els corrents il·lustrats van inspirar el llibre *Instruccions per a l'ensenyança dels minyons* (1749), de Baldiri Reixac (1703-1781), un clergue empordanès que defensava l'educació dels infants en la seva llengua materna, i també són presents en la figura del baró de Maldà, Rafael d'Amat i de Cortada (1746-1818), autor d'una voluminosa obra en prosa, *Calaix de sastre*, amb una enorme informació sobre la vida barcelonina del segle XVIII. Pel que fa el Neoclassicisme en sentit estricte, la figura cabdal és el menorquí Joan Ramis (1746-1819), autor de *Lucrècia*, una tragèdia comparable als millors models del teatre neoclàssic europeu.

La tradició popular

Al marge de la literatura culta, als Països Catalans es va produir, tot al llarg dels segles XVI, XVII i XVIII, una literatura popular i tradicional que ens ha arribat en una doble tradició oral i escrita. Els romanços i les cançons de transmissió oral van ser aplegats pels erudits de la Renaixença del XIX, per bé que, des del segle XVI, també es van començar a estampar mostres de literatura popular anomenada «de canya i cordill», pel fet de ser impresa en fulls solts que els recitadors ambulants aguantaven de manera precària amb canyes i cordills. Aquesta tradició popular va ser fonamental per a la pervivència de la llengua catalana, als segles de decadència, sobretot perquè la va mantenir viva durant un llarg parèntesi de foscor, quan els esdeveniments polítics i històrics no eren gens favorables i quan el seu ús i conreu havia estat abandonat per les classes benestants, que empraven el castellà com a signe de prestigi i distinció.

En aquest marc de literatura popular, formada per una barreja de cançons de motius diversos, goigs religiosos, corrandes i cançons de pandero, són importants els romanços, composicions poètiques de llargada diversa, formada per versos d'art menor i rima assonant en els parells. Alguns dels més antics són *La presó de Lleida, Els tres tambors* i *El bon caçador.* En la mateixa línia cal considerar la tradició del teatre popular, des dels misteris medievals fins a les passions.

Romanticisme i Renaixença

En el tombant del segle XVIII al XIX es va generar un gran moviment artístic que determinà un canvi cultural a Europa, el romanticisme, una autèntica revolució de la vida intel·lectual que va omplir tot el segle XIX i no només va influir en l'expressió d'una nova sensibilitat artística, sinó que també va afectar les idees polítiques i socials, les morals i les religioses. El romanticisme va ser un gran projecte de transformació i per això encara es dibuixa com un dels eixos fonamentals de la vida intel·lectual moderna d'Europa. Per més que, a vegades, se l'hagi presentat com un estat de l'esperit, el romanticisme fou un gran fenomen històric, d'una magnitud només comparable al Renaixement. I si aquest preparà l'edat clàssica d'Europa, el romanticisme n'inaugurà la contemporània: l'edat de les revolucions. Una revolució estètica, però també industrial; política, però també moral.

El mot *romàntic* va ser emprat per primera vegada a Alemanya: Novalis i els germans Schlegel el van fer servir, entre el 1798 i el 1804, per aplicar-lo a una literatura oposada als models clàssics, sobretot al classicisme francès. La confiança del segle XVIII amb la raó havia entrat, cap a finals del segle, en una crisi irreversible. Pensadors i artistes van començar a malfiar-se del progrés històric, intuint, alhora, que el racionalisme no ho resolia tot. Diderot ja havia manifestat que els preceptes del XVIII «havien transformat l'art en una rutina», i el científic Buffon, trencant la concepció monolítica del neoclàssic defensava que «l'estil és l'home». D'aquí surt l'essència del romanticisme, que no pot entendre's, només, com un corrent literari, ja que implicà nous plantejaments ètics i estètics, i anà molt més enllà de ser una nova concepció de les belles arts. Victor Hugo ho sintetitzava lúcidament en afirmar que el romanticisme era, per a la literatura del segle XIX, allò mateix que el liberalisme havia estat per a la política. I Larra reclamava llibertat en tots els aspectes de la vida perquè la llibertat era la consigna del nou temps. Els autors que defineixen el romanticisme europeu són Goethe, Schiller, Hölderlin i Novalis, a Alemanya; Keats, Wordsworth, Byron, Shelley i Walter Scott, en la literatura anglesa; Chateaubriand, Lamartine, Alfred de Vigny, Alfred de Musset i Victor Hugo, a França; Foscolo, Manzoni i Leopardi, en la literatura italiana, i Larra, Espronceda i Bécquer, en la castellana.

A Catalunya, com va succeir en altres literatures europees que havien passat per una llarga decadència entre els segles XVI i XVIII, l'esclat del romanticisme va contribuir a una presa de consciència nacional. Catalunya va ser, a més, la porta d'entrada de les idees romàntiques a la Península Ibèrica a través de les publicacions *El Europeo* (1823-1824) i *El Vapor* (1833-1835). A grans trets, es pot dir que la primera fou portaveu del romanticisme conservador, medievalitzant i religiós, mentre que la segona tenia un aire més liberal i utòpic. A *El Vapor* es van publicar les trobes de Bonaventura Carles Aribau (1798-1862), conegudes com l'oda *La Pàtria* (1833), una composició de circumstàncies que identificava llengua i pàtria, i que es convertí en el símbol i data d'estrena de la Renaixença.

Els primers estrats de la Renaixença s'havien començat a definir en les activitats d'alguns il·lustrats del XVIII, però no fou fins ben entrat el segle XIX que el moviment no es transformà en un cos vertebrat i enfortit per la consciència de la pròpia identitat que es recuperava. L'any 1859, els prohoms de la primera generació de la Renaixença (Joaquim Rubió i Ors, Víctor Balaguer, Antoni de Bofarull, Joan Cortada i Manuel

Milà i Fontanals) van restaurar, a l'Ajuntament de Barcelona, la vella tradició dels Jocs Florals, primer estadi de maduració del moviment. La seva importància ha esdevingut indiscutible, fins al punt que, sense Jocs Florals, potser sí que hi hauria hagut literatura catalana, però no Renaixença, és a dir, un moviment organitzat i orgànic, amb l'ideal concret de contribuir a l'autonomia literària de Catalunya. En un primer moment, els concurrents als Jocs eren els mateixos escriptors que els havien propiciat, com Antoni de Bofarull (1821-1892), Joaquim Rubió i Ors (1818-1899), Víctor Balaguer (1824-1901) i Marià Aguiló (1825-1897), que, anys més tard, hi van mantenir una relació honorífica per deixar pas a altres noms, com Josep Lluís Pons i Gallarza (1823-1894), Adolf Blanch i Cortada (1832-1877), Teodor Llorente (1836-1911), Damas Calvet (1836-1891), els germans Terenci (1841-1903) i Silví (1843-1911) Thos i Codina, Francesc Pelagi Briz (1839-1889) i Anicet de Pagès i de Puig (1843-1902), entre d'altres. Al costat del grup majoritàriament català, també hi van participar escriptors mallorquins esperonats per Marià Aguiló, un dels factòtums de la primera etapa del certamen. És el cas de Miquel Victorià Amer (1824-1912), Jeroni Rosselló (1827-1902) i Tomàs Forteza (1838-1898), a banda de l'esmentat Josep Lluís Pons i Gallarza, català de naixement i mallorquí d'adopció, d'ençà que s'hi establí per motius professionals l'any 1861. La seva poesia, que representa el corrent conservador del romanticisme, presenta una tirada a l'oda paisatgística a la manera d'Horaci, i té, com a exemple més viu, la popular composició *L'olivera mallorquina.* I si Pons i Gallarza representa en certa manera la veu mallorquina en el moviment dels Jocs Florals i la Renaixença, a Teodor Llorente li correspon el lideratge del moviment a València. Polític, poeta i periodista actiu, Llorente va dirigir el diari *La Opinión*, que convertí en *Las Provincias*, va ocupar càrrecs polítics d'importància, fou un dels creadors de la societat valencianista Lo Rat Penat i, com a poeta en català, és autor de *Llibret de versos* (1885) i *Nou llibret de versos* (1902), on s'identifiquen tots els tòpics de la poesia dels Jocs Florals i la seva coneguda temàtica de Pàtria, Fe i Amor.

El tercet de la Renaixença: Verdaguer, Guimerà, Oller

A Catalunya, el desplegament literari de la Renaixença va comptar amb tres figures de gran relleu, Verdaguer, Guimerà i Oller, que van aconseguir situar la literatura catalana al mateix nivell de la dels seus contemporanis europeus. En aquest sentit, Jacint Verdaguer (1845-1902) fou l'autor que donà a la llengua catalana l'embranzida definitiva. Havia nascut a Folgueroles, en una família de pagesos, i estudià al seminari de Vic fins que s'ordenà de sacerdot. A Vic van arribar, el 1859, les expectatives de la restauració dels Jocs Florals i el convit que Víctor Balaguer havia adreçat als joves amb l'esperança de trobar un poeta que donés consistència al renaixement d'una literatura: «Tal volta entre vosaltres s'oculta lo Virgili de l'esdevenidor». Verdaguer era llavors un seminarista que començava a barallar-se amb els versos i va aprofitar els Jocs Florals per a projectar-se com a poeta. Hi triomfà l'any 1877, amb *L'Atlàntida*, un poema èpic que fou rebut amb entusiasme i que va tenir una insòlita projecció internacional. I si els Jocs Florals foren importants per al poeta, també ho fou que Verdaguer fos sacerdot d'una església que, després de la crisi dels primers dos terços del segle, prenia empenta de nou a partir de la Restauració del 1874. L'altre gran poema verdaguerià, *Canigó* (1886), s'inscriu en el marc d'una església vinculada al catalanisme conservador que definia la pàtria com la possessió de la terra per dret diví. Al mateix temps, Verdaguer també participava, com a sacerdot i poeta, en les tasques apologètiques de l'església catalana de la segona meitat del XIX. En aquest sentit, va compondre poesia mística i càntics religiosos per fomentar la pietat religiosa en obres com *Idil·lis i cants místics* (1879), *Caritat* (1884), *Veus del Bon Pastor* (1894) i *Roser de tot l'any* (1894).

Cap al 1890, després d'un viatge a Terra Santa i incapaç d'entendre la ràpida evolució de la societat, Verdaguer va entrar en una etapa de crisi personal que el va dur a lliurar-se a la caritat fora de tota prudència i a pràctiques espirituals que no eren ben vistes per la jerarquia, alhora que es carregava de deutes. S'enfrontà al seu bisbe i fou suspès *a divinis*. Tot plegat acabà en un conflicte virulent, el *cas Verdaguer*, que trasbalsà la societat catalana de finals de segle. És el moment d'obres com *Sant Francesc* (1895), *Flors del Calvari* (1896) i els articles *En defensa pròpia* (1895-1897). El conflicte acabà el 1898, Verdaguer es reconcilià amb el bisbe Morgades i li foren retornades les llicències de dir missa. Malalt i cansat, però, morí a Vil·la Joana, a Vallvidrera, el 10 de juny de 1902.

Àngel Guimerà (1845-1924) fou el renovador del teatre català, que abans de la seva arribada havia comptat amb l'obra de dos autors molt populars, Josep Robrenyo (1780-1838) i Frederic Soler (*Serafí Pitarra*) (1839-1895). Àngel Guimerà va néixer a Santa Cruz de Tenerife on el seu pare, que era originari del Vendrell, s'havia traslladat per atendre negocis familiars. Va passar una part de la infantesa a les Canàries i viatjà a Catalunya l'any 1853. La seva obra literària reflecteix dues ombres de la seva biografia: la mala consciència per haver nascut abans que els seus pares fossin casats i un desengany amorós de joventut. En la seva obra poètica recorda sovint aquest sentiment d'amor no correspost, però també la fidelitat envers aquest amor dels anys joves.

Es donà a conèixer com a escriptor dins la *Jove Catalunya*, una entitat de plantejaments radicals i reivindicació nacionalista, i publicà els primers poemes a *La Gramalla*, setmanari al qual estava vinculat. Fou un dels fundadors, l'any 1871, del setmanari *La Renaixença*, que més tard convertiren en diari. Com a poeta, el seu esclat s'esdevingué en els Jocs Florals del 1877, els mateixos que premiaren *L'Atlàntida* de Verdaguer, on tres composicions seves guanyaren les tres flors del certamen i se'l proclamà, allà mateix, Mestre en Gai Saber. Tot i la importància de Guimerà com a poeta, la seva aportació més destacable fou en l'àmbit del teatre. En un primer moment, influït pels corrents romàntics del teatre històric, va provar la tragèdia en vers a *Gal·la Placídia* (1879), per continuar amb *El fill del rei* (1886), *Mar i cel* (1888) i *Rei i monjo* (1890), entre d'altres. En el tombant dels anys noranta, el teatre de Guimerà avançà per una estètica més realista i arribà a la seva plenitud en la fusió que féu de la realitat amb una manera pròpia, idealista i romàntica, de veure el món. *En Pólvora* (1893) és l'obra pont cap a la nova estètica realista, que continuà amb tres dels seus títols fonamentals: *Maria Rosa* (1894), *Terra baixa* (1897) i *La filla del mar* (1900).

La novel·la fou el gènere que trigà més a consolidar-se en la literatura catalana del XIX fins que Narcís Oller aconseguí situar-la entre els paràmetres de modernitat que dominaven la narrativa europea. Abans del seu esclat, la prosa catalana del XIX havia comptat amb la narrativa costumista de Robert Robert (1830-1873) i Emili Vilanova (1840-1905); els novel·listes Antoni de Bofarull, *L'orfeneta de Menàrguens* (1862) i Martí Genís i Aguilar, *Julita* (1874) dues novel·les romàntiques. A banda, la narrativa realista s'havia concretat en l'obra de Carles

Bosch de la Trinxeria (1831-1897), Josep Pin i Soler (1842-1927) i Marià Vayreda (1853-1903), autor de *La punyalada* (1904), una de les novel·les cabdals de la narrativa catalana contemporània.

Aconsellat pels crítics Joan Sardà i Josep Yxart, Narcís Oller (1846-1930) optà per apuntar-se a l'estètica del naturalisme francès, sobretot en la mesura que es presentava com una alternativa de modernització per a les lletres catalanes de la Renaixença. En el tombant de la dècada del 1870 al 1880, el naturalisme es convertia en l'oportunitat per fer caminar la literatura catalana en paral·lel a la resta de les literatures europees i, de passada, en el repte per superar l'anacronisme dels esquemes més recurrents de la Renaixença.

Narcís Oller havia nascut a Valls, l'any 1846, es traslladà a Barcelona per estudiar-hi la carrera d'advocat i s'hi quedà definitivament a treballar com a procurador dels tribunals. Va fer els primers tempteigs d'escriptor en castellà, fins que arribà l'entusiasme col·lectiu dels Jocs Florals del 1877, on foren premiats Verdaguer i Guimerà, i decidí fer-ho només en català. Anys més tard defensà amb contundència aquesta decisió d'escriure novel·la en català en els debats epistolars que mantingué, entre d'altres, amb Benito Pérez Galdós. L'any 1882 publicà la seva primera novel·la, *La papallona*, que es traduí al francès amb un pròleg d'Émile Zola, pontífex del naturalisme, que hi remarcava les diferències entre la nova estètica que ell proposava i la novel·la de Narcís Oller. Més apropada al naturalisme fou *L'escanyapobres* (1884), que l'autor subtitulà «Estudi d'una passió» i on tractà un vell tema de la tradició literària, l'avarícia. Seguí amb *Vilaniu* (1885), novel·la d'un triangle amorós, i amb els dos volums de *La febre d'or* (1890-1892), retrat de la transformació moderna de Barcelona en el marc dels anys de la febre borsària i el crac que n'esdevingué. Després de *La febre d'or*, Narcís Oller publicà *La bogeria* (1898), en la qual, el procés d'embogiment del protagonista permet a l'autor entaular un debat sobre un dels aspectes del naturalisme francès, el determinisme. La narrativa de Narcís Oller es tancà amb *Pilar Prim* (1906), darrer estadi de la seva evolució estètica. En el tombant del segle, davant dels signes de cansament del realisme i del naturalisme, el novel·lista s'esforçà per orientar el seu treball en la línia dels nous paràmetres estètics que assenyalaven els narradors del modernisme.

Selecció de poemes

Francesc Vicent Garcia

A una hermosa dama de cabell negre, que es pentinava en un terrat ab una pinta de marfil

Ab una pinta de marfil polia
Sos cabells de finíssima atzabeja,
A qui los de or més fi tenen enveja,
En una terrat, la bella Flora, un dia;

Entre ells la pura neu se descobria
Del coll que, ab son contrari, més campeja
I, com la mà com el marfil blanqueja,
Pinta i mà de una peça pareixia.

Jo, de lluny, tan atònit contemplava
Lo dolç combat que ab estremada gràcia
Aquestos dos contraris mantenien,

Que el cor, enamorat, se m'alterava
I, temerós de alguna gran desgràcia,
De pendre'ls tregües ganes me venien.

Glossa

Aquest poema de Francesc Vicent Garcia (Tortosa, 1579 - Vallfogona de Riucorb, 1623) és un cant a una bella dama que el té encisat. Es basa en un dels trets més característics de l'estètica barroca, el contrast: el color blanc expressat pel marfil, la pinta, la pura neu, el coll i la mà oposats al negre de l'atzabeja dels cabells. L'acció se situa en un terrat i el poeta, que contempla com la dama es pentina, expressa en l'últim tercet, aquell que sempre conclou l'exposició del poema, el paral·lelisme entre el cor alterat per tanta bellesa, si serà capaç d'arribar al de l'estimada, a l'harmonia a què arriben els contraris posats en joc per l'acció de pentinar els cabells que fa de la dama.

Forma

El poema és un sonet de versos decasíl·labs amb la rima 10A/10B/10B/10A 10A/10B/10B/10A 10C/10D/10E 10C/10D/10E.

Pràctica lectora

Compara aquest poema amb el de Bartomeu Rosselló-Pòrcel (Palma de Mallorca, 1913 - El Brull, 1938), que reproduïm a continuació i dedueix en quins aspectes (temàtic, estil, imatges...) aquest darrer és deutor del de Francesc Vicent Garcia.

A UNA DAMA QUE ES PENTINAVA DARRERE
UNA REIXA EN TEMPS DE VICENÇ GARCIA

Amor, senyor de l'ampla monarquia
que publica el clavell i el foc proclama
en l'ardor de la galta i en la flama
de l'exaltació que l'aire cria,
els cabells de finíssima atzabeja
en el combat de vori que pentina

perú de lliris i de llunes mina,
ornament de les neus, dels ors enveja,

treu de la reixa, i que la saborosa
feina del bes, batalla graciosa
del córrer d'unes cames despullades,

deixi les verdes herbes alterades.
Oh desmai en les tiges onejants
de marbres, ceres, roses bategants!

Barcelona, maig 1935

Lo mariner
(Cançó popular)

A la voreta del mar
n'hi ha una donzella
que en brodava un mocador,
la flor més bella.
Com ne fou a mig brodar
li manca seda.
Gira els ulls envers la mar:
veu una vela;
veu venir un galió
tot vora terra;
ne veu venir un mariner
que una nau mena.
–Mariner, bon mariner,
que en porteu seda?–
–De quin color la voleu,
blanca o vermella?–
–Vermelleta la vull jo,
que és mellor seda.
Vermelleta la vull jo,
que és per la reina.–
–Pugeu a dalt de la nau,
triareu d'ella.–
–Ai no!, no hi puc pujar,
no tinc moneda.
Lo meu pare té les claus
de l'arquimesa.–

–No quedeu per diners, no,
prou fio d'ella.–
La donzella entra a la nau,
tria la seda.
Mentres va mercadejant,
la nau pren vela.
Mariner es posa a cantar
cançons novelles.
Amb lo cant del mariner
s'ha dormideta,
i amb el soroll de la mar
ella es desperta.
Quan ella s'ha despertat
ja no en veu terra:
la nau és en alta mar,
pel mar navega.
–Mariner, bon mariner,
torneu-me en terra,
que los aires de la mar
me'n donen pena. –
–Això sí que no ho faré,
que heu de ser meva.
Set anys ha que vaig pel mar
per vós, donzella;
cent llegües dins de la mar,
lluny de la terra.–
–De tres germanes que som,
só la més bella:
l'una porta vestit d'or,
l'altra de seda
i jo, pobreta de mi,
de sargil negre.

L'una és casada amb un duc,
l'altra és princesa
i jo, pobreta de mi,
só marinera.–
–No sou marinera, no,
que en sereu reina,
que jo só lo fill del rei
de l'Anglaterra.

Glossa

Aquesta cançó, titulada «Lo mariner», és una de les més populars del cançoner català. Alhora és coneguda amb variants a molts d'altres països europeus (Suècia, Escòcia, Itàlia...). S'hi narra la història d'una donzella que, en faltar-li seda per a brodar, puja a cercar-la dalt d'una nau i el mariner que la mena se l'endú mar endins, enamorat. Ella es queixa de la seva desgràcia d'esdevenir marinera i de com les seves dues germanes grans han fet fortuna. A la fi, resulta que el mariner és un príncep, fill del rei d'Anglaterra.

Forma

La cançó alterna versos de set i quatre síl·labes. Té dos moments narratius, encapçalats pel vers inicial un, i l'altre per «La donzella entra a la nau...», completats per dos fragments dialogats entre el mariner i la donzella.

Pràctica lectora

Tria els versos que poden documentar que la història que s'hi explica no és actual.

Pràctica d'audició

Podeu escoltar aquesta cançó popular de la mà de Marina Rossell, *Si volíeu escoltar* (1977), CBS 40-82079.

Bonaventura Carles Aribau

La pàtria

Adéu-siau, turons, per sempre adéu-siau,
oh serres desiguals, que allí, en la pàtria mia,
dels núvols e del cel de lluny vos distingia,
per lo repòs etern, per lo color més blau.
Adéu, tu, vell Montseny, que des ton alt palau,
com guarda vigilant, cobert de boira e neu,
guaites per un forat la tomba del Jueu,[1]
e al mig del mar immens la mallorquina nau.

Jo ton superbe front coneixia llavors,
com conèixer pogués lo front de mos parents,
coneixia tan bé lo so de tos torrents
com la veu de ma mare o de mon fill los plors.
Mes, arrencat després per fats perseguidors,
ja no conec ni sent com en millors vegades;
així d'arbre migrat a terres apartades,
son gust perden los fruits e son perfum les flors.

Què val que m'haja tret una enganyosa sort
a veure de més prop les torres de Castella,
si el cant dels trobadors no sent la mia orella,
ni desperta en mon pit un generós record?
En va a mon dolç país en ales jo em transport,
e veig del Llobregat la platja serpentina,

1. Montjuïc, muntanya dels jueus.

que, fora de cantar en llengua llemosina,
no em queda més plaer, no tinc altre conhort.

Plau-me encara parlar la llengua d'aquells savis
que ompliren l'univers de llurs costums e lleis,
la llengua d'aquells forts que acataren los reis,
defengueren llurs drets, venjaren llurs agravis.
Muira, muira l'ingrat que, al sonar en sos llavis
per estranya regió l'accent natiu, no plora,
que, al pensar en sos llars, no es consum ni s'enyora,
ni cull del mur sagrat la lira dels seus avis!

En llemosí[2] sonà lo meu primer vagit,
quan del mugró matern la dolça llet bevia;
en llemosí al Senyor pregava cada dia,
e càntics llemosins somiava cada nit.
Si quan me trobo sol, parl amb mon esperit,
en llemosí li parl, que llengua altra no sent,
e ma boca llavors no sap mentir ni ment,
puix surten mes raons del centre de mon pit.

Ix, doncs, per a expressar l'afecte més sagrat
que puga d'home en cor gravar la mà del cel,
oh llengua a mos sentits més dolça que la mel,
que em tornes les virtuts de ma innocenta edat.
Ix, e crida pel món que mai mon cor ingrat
cessarà de cantar de mon patró la glòria
e passe per ta veu son nom e sa memòria
als propis, als estranys, a la posteritat.

2. Terme amb què era designat per error el català, per confusió amb el dialecte occità de Llemotges.

Glossa

L'oda *La pàtria* va ser escrita per Bonaventura Carles Aribau (Barcelona, 1798-1862) lluny de Catalunya, quan treballava a Madrid a les ordres del seu patró, el banquer Gaspar de Remisa, arran de l'onomàstica d'aquest. Aribau la va publicar a la revista *El Vapor* el 1833 i es convertí en el símbol d'arrencada del moviment conegut després per la Renaixença, per dos motius: l'exaltació romàntica del paisatge (Montseny i Llobregat) i per ser el primer poema culte publicat segons els nous gustos romàntics. El poema, segons Carles Riba, té «dos temes: un de general, l'evocació de la pàtria, i un d'especial, l'elogi de Gaspar de Remisa. El tema especial determina el moviment del general, el general cobreix l'especial i l'eleva a la dignitat de símbol». I, encara, segons Joaquim Molas: «La llengua, que constituïa un dels jocs de la celebració, lliga un tema amb l'altre i, al capdavall, els redueix a un de sol. Per Aribau, exiliat de Catalunya, com Remisa, només hi ha una possibilitat de satisfer l'enyorança que sent: la llengua.»

Forma

L'oda està estructurada en sis cobles de vuit versos alexandrins amb rima creu-creuada, és a dir, 12A/12B/12B/12A/12C/12D/12D/12C.

Pràctica lectora

Localitza els versos en què millor s'expressa el sentiment d'enyorança. A partir de quin element s'estableix aquest sentiment? En quina cobla s'enllaça l'enyor de la pàtria i la llengua?

Teodor Llorente

Vora el barranc dels Algadins

Vora el barranc dels Algadins
hi ha uns tarongers de tan dolç flaire
que, per a omplir d'aroma l'aire,
no té lo món millors jardins.
Allí hi ha un mas, i el mas té dins
volguts records de ma infantesa;
per ells jo tinc l'ànima presa
vora el barranc dels Algadins.

Vora el barranc dels Algadins
s'alcen al cel quatre palmeres;
el vent, batent ales lleugeres,
mou son plomall i els seus troncs fins.
En ells, milers de teuladins
fan un soroll que el cor encisa.
Qui oir pogués sa xiscladissa
vora el barranc dels Algadins!

Vora el barranc dels Algadins
l'aigua corrent els camps anega;
en sos espills el sol llampega,
i trau l'arròs verdosos brins.
Sona el tic-tac en els molins,
i, en caure el sol, caçadors destres

a joca[1] van d'ànecs silvestres
vora el barranc dels Algadins.

Vora el barranc dels Algadins
mourà demà les palmes l'aire;
li donaran els horts sa flaire,
i sa cantúria els teuladins.
El mas demà guardarà dins
dolços records i imatges belles:
jo no podré gojar ja d'elles
vora el barranc dels Algadins!

1. *a joca*: l'expressió «anar a jóc» es refereix a quan les aus van a dormir.

Glossa

El barranc dels Algadins és un paisatge de la comarca de la Ribera Alta, al País Valencià, transformat profundament per l'acció humana d'ençà que el conegué Teodor Llorente (València, 1836-1911). Llavors era un autèntic barranc, ara és una pla dedicat al conreu de tarongers i travessat per sèquies. El mas on va viure el poeta es conserva igual però només amb dues palmeres –de les quatre que hi havia– presidint-ho tot. Aquí passà temporades i va immortalitzar les vivències que hi tingué amb una aguda reflexió sobre el pas del temps. De fet, el poema és una exaltació de la vida natural: mas, arbres, ocells i plantes prenen cos i vida, i protagonitzen una desbordant exaltació del paisatge amb múltiples batecs de vida.

Forma

El poema està estructurat en quatre cobles de vuit versos octosíl·labs amb esquema de rima 8A/8B/8B/8A/8A/8C/8C/8A.

Pràctica lectora

Detecta set mots propis de la parla de les comarques valencianes que conté el poema.

Pràctica d'audició

Pots escoltar aquest poema musicat pel cantautor Partaka i interpretat per Paco Muñoz a: *D'una terra dins la mar* (1990), P. M. Produccions CD-001 o *Els nostres poetes* (1998), Picap 900123-03.

Jacint Verdaguer

Canigó

(Epíleg. Los dos campanars)

Doncs, ¿què us heu fet, superbes abadies,
Marcèvol, Serrabona i Sant Miquel,
i tu, decrèpit Sant Martí, que omplies
aqueixes valls de salms[1] i melodies
la terra d'àngels i de sants lo cel?

Doncs, ¿què n'heu fet oh, valls!, de l'asceteri,[2]
escola de l'amor de Jesucrist?
On és, oh soledat!, lo teu salteri?[3]
On tos rengles de monjos, presbiteri,[4]
que, com un cos sens ànima, estàs trist?

D'Ursèolo a on és lo dormitori?
La celda abacial del gran Garí?
On és de Romualdo l'oratori,
los pal·lis[5] i retaules, l'or i evori[6]
que entretallà ha mil anys cisell[7] diví?

1. *salm*, composició religiosa de l'Antic Testament.

2. *asceteri*, lloc on es congreguen els ascetes, persones que viuen solitàries i de manera austera i disciplinada.

3. *salteri*, recull de salms.

4. *presbiteri*, part de l'església al fons de la nau central on hi ha l'altar major, més elevada d'un o més graons que la resta de l'església, que és reservada als clergues.

5. *pal·li*, dosser sostingut amb quatre o més vares llargues per a aixoplugar, en les processons, el sacerdot que porta la custòdia o una imatge sagrada.

6. *evori*, ivori, marfil.

7. *cisell*, eina de metall llarga i plana amb tall a la vora extrema de la fulla que serveix per a treballar, ordinàriament a cops de martell, pedra, metall, fusta, os, etc.

Los càntics i les llums s'esmortuïren;
la rosa s'esfullà com lo roser;
los himnes sants en l'arpa s'adormiren,
com verderoles que en llur niu moriren
quan lo bosc les oïa més a pler.

Dels romànics altars no en queda rastre,
del claustre bizantí[8] no en queda res;
caigueren les imatges d'alabastre
i s'apagà sa llàntia, com un astre
que en Canigó no s'encendrà mai més.

Com dos gegants d'una legió sagrada
sols encara hi ha drets dos campanars:
són los monjos darrers de l'encontrada,
que ans de partir, per última vegada,
contemplen l'enderroc de sos altars.

Són dues formidables sentinelles
que en lo Conflent posà l'eternitat;
semblen garrics[9] los roures al peu d'elles;
les masies del pla semblen ovelles
al peu de llur pastor agegantat.

Una nit fosca al seu germà parlava
lo de Cuixà: –Doncs, que has perdut la veu?
Alguna hora a ton cant me desvetllava

8. *bizantí*, referit a un claustre o monestir, en època de Verdaguer servia per a denominar l'estil que avui coneixem com a art romànic.

9. *garric*, arbust de fulles verdes i lluents i fruits en gla.

i ma veu a la teva entrelligava
cada matí per beneir a Déu.

–Campanes ja no tinc –li responia
lo ferreny campanar de Sant Martí.–
Oh, qui pogués tornar-me-les un dia!
Per tocar a morts pels monjos les voldria
per tocar a morts pels monjos i per mi.

Que tristos, ai, que tristos me deixaren!
Tota una tarda los vegí plorar;
set vegades per veure'm se giraren;
jo aguaito fa cent anys per on baixaren:
tu que vius més avall, no els veus tornar?

–No! Pel camí de Codalet i Prada
sols minaires obiro i llauradors;
diu que torna a son arbre la niuada,
mes, ai!, la que deixà nostra brancada
no hi cantarà mai més dolços amors.

Mai més! Mai més! Ells jauen sota terra;
nosaltres damunt seu anem caient;
lo segle que ens deu tant ara ens aterra,
en son oblit nostra grandor enterra
i ossos i glòries i records se'ns ven.

–Ai!, ell ventà les cendres venerables
del comte de Rià, mon fundador;
convertí mes capelles en estables,
i desniats los àngels pels diables
en eixos cims ploraren de tristor.

I jo plorava amb ells i encara ploro,
mes ai!, sens esperança de conhort,[10]
puix tot se'n va, i no torna lo que enyoro,
i de pressa, de pressa, jo m'esfloro,
rusc on l'abell murmuriós s'és mort.

–Caurem plegats –lo de Cuixà contesta.–
Jo altre cloquer[11] tenia al meu costat;
rival dels puigs, alçava l'ampla testa,
i amb sa sonora veu, dolça o feresta,
estrafeia el clarí o la tempestat.

Com jo, tenia nou-cents anys de vida,
mes, nou Matusalem, també morí;
com Goliat al rebre la ferida,
caigué tot llarg, i ara a son llit me crida
son insepult cadavre gegantí.

Abans de gaire ma deforme ossada
blanquejarà en la vall de Codalet;
lo front me pesa més, i a la vesprada,
quan visita la lluna l'encontrada,
tota s'estranya de trobar-m'hi dret.

Vaig a ajaure'm també; d'eixes altures
tu baixaràs a reposar amb mi,
i ai!, qui llaure les nostres sepultures
no sabrà dir a les edats futures
on foren Sant Miquel i Sant Martí.–

10. *conhort*, consol.
11. *cloquer*, campanar.

Així un vespre els dos cloquers parlaven;
mes, l'endemà al matí, al sortir lo sol,
recomençant los càntics que ells acaben,
los tudons[12] amb l'heurera conversaven,
amb l'estrella del dia el rossinyol.

Somrigué la muntanya engallardida
com si estrenàs son verdejant mantell;
mostrà's com núvia de joiells guarnida,
i de ses mil congestes la florida
blanca esbandí com taronger novell.

Lo que un segle bastí, l'altre ho aterra,
mes resta sempre el monument de Déu;
i la tempesta, el torb,[13] l'odi i la guerra
al Canigó no el tiraran a terra,
no esbrancaran l'altívol Pirineu.

12. *tudó*, ocell de la família dels coloms.
13. *torb*, vent impetuós propi de la regió pirinenca, que aixeca i arremolina la neu.

Glossa

Aquest poema de Jacint Verdaguer (Folgueroles, 1845 - Vallvidrera, 1902) es publicà com a epíleg de la segona edició de *Canigó* (1901). En la primera edició del 1886, l'autor va decidir d'excloure-le'n. El poema va ser l'origen dels deu cants de *Canigó*. El primer esbós, el tenim datat a Santa Perpètua de Mogoda el 24 de setembre de 1880, després d'una nova estada al Vallespir. El poeta interpel·la els campanars dels monestirs de Sant Miquel de Cuixà i Sant Martí del Canigó (Conflent) i les abadies de Marcèvol (Conflent) i Serrabona (els Aspres, Rosselló), grans centres de devoció medieval i els dos primers lligats històricament amb el naixement de Catalunya com a nació, per tal que li expliquin com és que la pàtria ha arribat a un estat tal de decadència que permet que l'oblit i la ruïna dominin les arrels fundacionals. El poeta fa dialogar els dos campanars. Un, el de Cuixà, pren la veu relativament esperançada; mentre que el de Sant Martí manifesta totes les desgràcies i desolacions que han viscut i les que els esperen. Per concloure pren de nou la veu el poeta narrador, que acaba amb una proclama a favor de la preservació del Canigó com a símbol patri. De fet va ser a partir d'aquest poema que Verdaguer aconseguí, junt amb altres idealistes com el bisbe de Perpinyà, Juli Carselada, que s'iniciessin obres de restauració tant en una abadia com en una altra. A Sant Martí del Canigó, s'hi celebraren els Jocs Florals del 1902, prohibits a Barcelona, on guanyà el mestratge en Gai Saber el poeta mallorquí Miquel Costa i Llobera.

Forma

El poema, escrit en vint-i-una estrofes de versos decasíl·labs, amb rima segons l'esquema 10A/10B/10A/10A/10B, es pot dividir estructuralment en tres parts. La primera, introductòria, ens descriu mitjançant interrogacions retòriques com els quatre priorats i monestirs: Serrabona (Marcèvol, Sant Miquel de Cuixà i Sant Martí del Canigó) han passat d'un ahir esplendorós a un estat total d'abandó i ruïna, tal i com els va veure Verdaguer.

La segona part, iniciada amb el vers «Una nit fosca...», comprèn onze estrofes, en què s'estableixen els diferents diàlegs entre els campanars de Sant Martí i Sant Miquel explicant-se les grandeses passades i la devastació actual.

La tercera i última part abraça les tres estrofes finals en què la veu poètica fa una mena de conclusió introduint-hi elements positius (muntanya engallardida, núvia de joiells guarnida...) que possibiliten l'afirmació final: «al Canigó no el tiraran a terra, / no esbrancaran l'altívol Pirineu», com a plasmació última de la immortalitat del marc geogràfic que va permetre el naixement de la nació catalana. I això canta el Chor final del cant X de *Canigó*: «Pàtria!, et donà ses ales la victòria; / com un sol d'or ton astre es va llevant; / llença a ponent lo carro de ta glòria, / puix Déu t'empeny, oh Catalunya!, avant!»

Pràctica lectora

Cerca exemples de prosopopeia o personificació. Troba, també, algun exemple d'hipèrbole.

Identifica quins són els personatges històrics citats en el poema: Matusalem, Romualdo i Garí.

Pràctica d'audició

Organitzeu grups de quatre persones, tres per llegir les diferents veus del poema i una per enregistrar els recitats que en feu. Podeu posar-hi un fons musical que s'adigui amb el to èpic del diàleg. Després compareu la vostra feina amb la realitzada per altres grups de la classe.

Jacint Verdaguer

Vora la mar

Al cim d'un promontori que domina
les ones de la mar,
quan l'astre rei cap a ponent declina
me'n pujo a meditar.

Amb la claror d'aqueixa llàntia encesa
contemplo mon no-res;
contemplo el mar i el cel, i llur grandesa
m'aixafa com un pes.

Eixes ones, mirall de les estrelles
me guarden tants records,
que em plau reveure tot sovint en elles
mos somnis que són morts.

Aixequí tants castells en eixes ribes
que m'ha aterrat lo vent,
amb ses torres i cúpules altives
de vori, d'or i argent:

poemes, ai! que foren una estona
joguina d'infantons,
petxines que un instant surten de l'ona
per retornar al fons:

vaixells que amb veles i aparell s'ensorren
en un matí de maig,
illetes d'or que naixen i s'esborren
del sol al primer raig:

idees que m'acurcen l'existència
duent-se'n ma escalfor,
com rufagada que s'endú amb l'essència
l'emmusteïda flor.

A la vida o al cor quelcom li prenen
les ones que se'n van;
si no tinc res, les ones que ara vénen
digueu-me, què voldran?

Amb les del mar o amb les del temps un dia
tinc de rodar al fons,
per què, per què, enganyosa poesia,
m'ensenyes de fer mons?

Per què escriure més versos en l'arena?
Platja del mar dels cels,
quan serà que en ta pàgina serena
los escriuré amb estels?

Glossa

Poema datat el 10 de gener de 1883 a Caldetes, Caldes d'Estrac (el Maresme), on Verdaguer passava temporades acompanyant Claudi López, futur marquès de Comillas. Anys després, va ser incorporat a *Flors del Calvari* (1895). Ricard Torrents l'ha definit com «un microcosmos verdaguerià», és a dir, un poema que conté resumidament tot el món poètic de Verdaguer, el del triomf i la plenitud i el de la crisi de finals de la seva vida. En paraules de Torrents: «Se'ns ofereix com un petit gran món travat i compacte com un microcosmos dintre del qual s'organitza viva tota la poètica verdagueriana.» Hi trobem, sobretot, l'actitud romàntica de confrontar-se amb la pròpia obra i demanar-se qui és ell, què és la poesia i quin és el sentit de tot plegat si s'aspira a assolir la plenitud de l'eternitat al costat de Déu.

El cim del promontori que domina les ones de la mar podria ser identificat amb el lloc real del turó Can Muntanyà, avui parc públic, que domina tot el terme de Caldes, la costa i el mar.

El poema tracta de diversos temes: la contemplació del paisatge com a instrument per entendre's un mateix; l'evocació del passat i la incertesa de futur; la persecució d'un món ideal; la caducitat i la insaciabilitat del temps; la fal·làcia o engany de la creativitat poètica; l'anhel d'immortalitat...

Forma

El poema s'estructura en tres blocs de tres, quatre i tres estrofes respectivament. En les tres primeres la veu poètica ens parla en present, però en l'inici de la quarta estrofa, el verb «aixequí» ens marca un canvi de visió cap al passat, amb alguns temps de present. I, finalment, en l'estrofa vuitena es torna a imposar la veu en present, ara, però, amb el complement d'alguns verbs en futur que clouen el poema.

Els versos decasíl·labs es combinen amb els hexasíl·labs formant estrofes de quatre versos amb l'esquema de rima: 10A/6b/10A/6b.

El predomini de lèxic lligat sobretot amb el mar i el cel és la base amb què s'estructura el poema verdaguerià, que conté moltes metàfores plàstiques, ben característiques de Verdaguer: llàntia (pel sol), mirall (pel mar), platja del mar dels cels (la mort), pàgina (vida eterna)...

Pràctica lectora

Identifica uns quants versos que il·lustrin alguns dels temes esmentats en la glossa.

III. Del Modernisme al segle XXI

El Modernisme

El realisme del XIX va entrar en crisi cap al final del segle en benefici d'altres tendències que defensaven una literatura més íntima i espiritual, entesa com una religió de l'art a la recerca de la bellesa. Des de la segona meitat del segle XIX, la literatura francesa havia desenvolupat uns corrents alternatius a les propostes del realisme, entre els quals, els anomenats poetes maleïts (Baudelaire, Rimbaud i Verlaine), Le Parnasse, escola poètica de criteris clàssics i el simbolisme capitanejat per Mallarmé. A la base d'aquestes tendències hi havia una oposició al positivisme burgès i una reacció a la mentalitat racionalista que tot ho basava en el progrés tecnològic, la filosofia utilitària i el culte materialista. Els conceptes d'art i d'artista van entrar en conflicte amb el món burgès. A França, aquesta tensió coincidí amb la Comuna de París (1871), la primera gran crisi de la societat burgesa. La divergència es plantejava com una lluita de la poesia contra la prosa de la vida. El nou artista, orgullós i solitari, s'acollia a la teoria del geni, es considerava un heroi i un visionari –una concreció del superhome basat en el pensament de Carlyle, Emerson i Nietzsche–, defensava la idea de viure segons l'esperit i s'interessava per la literatura de Ruskin, Ibsen i Maeterlink. Per bé que França, i sobretot París, es va convertir en el centre de la modernitat artística, la nova sensibilitat estètica va aflorar també en altres indrets d'Europa i va rebre noms diversos, com ara *Art Nouveau*, Modernisme i Decadentisme. Arreu es definia per l'esforç de defensar l'art i la bellesa davant de l'art burgès per excel·lència, el realisme, que es limitava a reflectir, com un mirall, les imatges de la quotidianitat.

Aquesta nova estètica va començar a manifestar-se en les lletres catalanes a partir del 1892 i va conformar el procés de renovació que es coneix com a Modernisme. El seu impacte va suposar la transformació de la literatura catalana cap a la cultura de la contemporaneïtat, la superació del romanticisme nostàlgic de la Renaixença i dels Jocs Florals, i l'aposta per construir una literatura nacional, moderna i oberta a Europa. I en la mesura que el modernisme es caracteritzava per ser l'opció artística dels fills de la burgesia, a contracor de la mateixa classe, el naixement d'aquesta generació d'artistes va originar, a Catalunya, un part difícil i traumàtic, tal com havia passat en les altres burgesies europees i com ho manifesten aquestes paraules de Rusiñol: «A Sitges s'han reunit tots els que odiem la vida com a seriositat, economia, egoisme i matèria. L'art espiritual, «fresc com el riure d'un infant i misteriós com el pensament d'un vell», va oblidant-se en braços del positivisme i de l'art comercial [...]. Ells no són, no, ni ho poden ésser de modernistes [...]. Preferim ésser simbolistes i desequilibrats i fins folls i decadents, abans que decandits i mansos; que el sentit comú ens ofega, que en la nostra terra, de prudència, ja n'hi ha amb escreix; que no importi passar per Don Quixot on hi ha tants Sancho Panzas que pasturen, ni llegir llibres d'encantament en un país on no es llegeixen llibres de cap mena.»

Joan Maragall (1860-1911), en els àmbits de la poesia i el pensament; Santiago Rusiñol (1861-1931), Ignasi Iglésias (1871-1928), Adrià Gual (1872-1943) i Joan Puig i Ferreter (1882-1956), en els escenaris teatrals, i Víctor Català (1869-1966), Raimon Casellas (1855-1910) i Joaquim Ruyra (1858-1939), pel que fa al món de la narrativa són els autors més representatius del Modernisme català. A banda, cal referir-se al grup de *L'Avenç*, la revista per on va circular, entre el 1881 i el 1893, bona part de la càrrega ideològica modernista. Els dramaturgs van triar entre dos camins poc o molt complementaris: el regeneracionista, que recollia influències d'Ibsen i del naturalisme francès (Ignasi Iglésias i Puig i Ferreter), i l'aposta per un teatre simbolista (Adrià Gual i Santiago Rusiñol). Pel que fa a la novel·la, el modernisme va donar una de les peces cabdals de la narrativa catalana contemporània: *Solitud* (1905), de Víctor Català.

En el seu conjunt, fou un moviment complex i no gens fàcil de sintetitzar, per bé que no sembla haver-hi dubtes que Joan Maragall representa la figura més important i carismàtica del modernisme català. Va actuar-hi com a guia intel·lectual i la seva obra marca un procés evolutiu dins del mateix credo modernista. Col·laborador del *Diario de Barcelona* i de *L'Avenç*, traductor de Goethe i Nietzsche, els primers poemes de Maragall (*Poesies*, 1895) buscaven l'equilibri entre el vitalisme optimista i uns sentiments melangiosos propers al decandentisme. En el segon volum (*Visions & Cants*, 1900), va interpretar, amb criteri modernista, el llegendari i els mites nacionals catalans recuperats per la Renaixença, alhora que es feia portaveu d'un programa de regeneracionisme col·lectiu motivat per la crisi espanyola del 1898. Els llibres posteriors (*Les disperses*,1903; *Enllà*,1906, i *Seqüències*,1911) són fites que, al costat dels seus assaigs i articles, emmarquen la voluntat d'un escriptor per incidir en la seva classe social, la burgesia. Per aconseguir-ho, va moderar primer el seu discurs més rebel i vitalista, per mostrar-se de nou directe i combatiu després de la Setmana Tràgica, dos anys abans de la seva mort.

L'Escola Mallorquina

Amb el nom d'Escola Mallorquina, un terme imprecís, més geogràfic que no pas conceptual, es fa referència a la producció literària de l'illa de Mallorca entre el final del segle XIX i el començament del XX. Els seus autors més importants són Miquel Costa i Llobera i Joan Alcover, i els trets que la caracteritzen tenen a veure amb la preocupació per la forma, l'art de la retòrica i l'elegància del llenguatge. La temàtica és sovint paisatgística i encarada a una poètica de gust clàssic, on regnen la serenitat, l'ordre i l'harmonia. Costa i Llobera defensava que inspiració i forma s'havien d'unir en un tot indestriable i afirmava que l'una no podia existir sense l'altra. Aquesta atenció a la forma i la tendència a una expressió equilibrada fan de Costa i Llobera i Joan Alcover uns precursors del Noucentisme, no només per l'estètica, sinó també per l'actitud ideològica.

La poesia de Miquel Costa i Llobera (1854-1922) parteix de la Renaixença. Havia conegut personalment Verdaguer i, a *Poesies* (1885), mitifica el paisatge mallorquí que, a la manera romàntica, li serveix per reflectir l'estat d'ànim i una determinada visió del món. Una crisi personal el va dur a retirar-se a Pollença i, més tard, a Roma, on va seguir estudis eclesiàstics, s'ordenà de sacerdot, va entrar en contacte amb la tradició clàssica i va conèixer la poesia dels romàntics italians: Leopardi i Carducci. De tot plegat, en va sortir la seva poesia de maduresa, *Horacianes* (1906), important per la tria del model, Horaci, i perquè la seva publicació coincidí amb l'esclat del noucentisme. La primavera del 1907, el poeta va fer un viatge de pelegrinació a Terra Santa del qual sortí el dietari poètic *Visions de Palestina* (1908), un conjunt d'odes en prosa que imiten formalment els versicles hebreus, basats en el paral·lelisme de conceptes.

I així com el paisatge jeu a la base de l'obra de Costa i Llobera, la poesia de Joan Alcover (1854-1926) colpeix per la sinceritat del seu dolor davant les adversitats de l'existència. Va començar escrivint poesia en castellà fins que, l'any 1909, va publicar *Cap al tard*, la seva obra més important i un dels llibres més influents de la poesia catalana del segle xx. El poeta hi alterna composicions de dolor per la pèrdua dels fills amb d'altres que recullen una actitud contemplativa que s'enfronta a l'espai i al temps, i descriu el món rural mallorquí des d'una perspectiva idealista. El 1918, a *Poemes bíblics*, va recollir visions de personatges i figures de la Bíblia, com Rebeca, Saül o David, entre altres.

El Noucentisme

Al començament del segle xx, concretament a partir del 1906, es va produir la substitució del Modernisme pel Noucentisme. El noucentisme, més que no pas un corrent literari de característiques determinades, va concretar un programa de govern i l'esforç d'una política cultural sintetitzada per Enric Prat de la Riba, Pompeu Fabra, Eugeni d'Ors i Josep Carner. Els seus antecedents històrics parteixen, a Catalunya, del desastre del 1898 i de la dualitat de respostes que va donar-hi la societat espanyola i la catalana. Mentre que, en el primer cas, la pèrdua de les darreres colònies d'ultramar només va generar una reacció evasiva, el mateix desastre del 98 va actuar, dins de la societat catalana, com a revulsiu contra l'herència encarcarada de la Restauració, l'estafa d'una estructura política en crisi basada en el torn de partits. A partir del 1898, la burgesia catalana s'organitzà seriosament, procedí a la reconversió de *La Veu de Catalu-*

nya en diari, el primer òrgan d'expressió del nacionalisme polític, i s'agrupà en la Lliga Regionalista, partit que va obtenir el primer triomf en les eleccions municipals del 1901. Sobre aquest marc de construcció política, el Noucentisme es va convertir en el programa de política cultural de la Lliga Regionalista, sintetitzat, en bona part, en els quatre noms esmentats. Prat de la Riba, *seny ordenador de Catalunya*, va cohesionar la política autòctona de renovació; Eugeni d'Ors, *dictador intellectual de Catalunya*, va traduir aquesta política en termes de cultura; Josep Carner la concretà en una poètica clàssica, de cànon, mesura, harmonia, elegància i ironia, i Pompeu Fabra, finalment, va posar ordre a la llengua. Prat de la Riba en fou el capdavanter polític com a president de la Mancomunitat, i Ors, Carner i Fabra, els instruments d'eficàcia al servei d'un ideari cultural.

En la mesura que fou l'exercici del poder cultural de la burgesia, l'esclat i triomf del Noucentisme va suposar la liquidació del Modernisme. Els uns i els altres compartien interessos en termes de cultura i podien convergir o anar en paral·lel en més d'un aspecte. Més que no pas estètiques, les diferències entre modernistes i noucentistes eren ideològiques: dos bàndols intel·lectuals oposats, un dels quals triomfà sobre l'altre i el liquidà. La cronologia noucentista parteix del 1906 i arriba, en un primer tram, fins al començament dels anys vint: l'any 1906 coincideix amb l'inici del *Glossari* d'Eugeni d'Ors, la publicació d'*Els fruits saborosos*, de Josep Carner, la de les *Horacianes*, de Miquel Costa i Llobera, i el Primer Congrés Internacional de la Llengua Catalana. El 1917 és l'any de la mort de Prat de la Riba i, el 1920, el de la defenestració d'Eugeni d'Ors, poc abans de la sortida de Josep Carner de Catalunya. L'empenta noucentista, però, va continuar marcant els criteris culturals de la dècada dels anys vint, potser d'una manera més intel·lectual i matisada, en els noms de Joan Crexells, Joan Estelrich i Joaquim Folguera, i amb les primeres aportacions poètiques dels *neonoucentistes*: Carles Riba, Clementina Arderiu, Tomàs Garcés i Marià Manent, als quals cal afegir un nom de frontera, Maria Antònia Salvà. Pel que fa als poetes de la primera etapa, els més destacats, al costat de Josep Carner, foren Jaume Bofill i Mates, que signava amb el pseudònim de *Guerau de Liost,* i Josep M. López-Picó.

Poeta i periodista precoç, Josep Carner (1884-1970), *príncep dels poetes,* va esdevenir la figura clau del noucentisme literari i un punt de referència de la poesia noucentista, sobretot a partir d'*Els fruits saborosos* (1906). En aquest llibre, carregat d'elements plàstics i amb un aire de sensualitat pagana, Carner presenta aspectes i situacions de la vida burgesa, i els tracta a la manera de les èglogues clàssiques. *Els fruits saborosos* són l'art del detall, la vida fruïda a glops, versos que barregen ironia i melangia, i personatges simbolitzats per un fruit. Publicà després *La paraula en el vent* (1914), *Auques i ventalls* (1914), *Bella terra, bella gent* (1918) i *L'oreig entre les canyes* (1920), reculls d'ironia civilitzada i realisme bonhomiós que van consolidar aquella ortodòxia artística del noucentisme que, segons Eugeni d'Ors, havia de ser arbitrària, harmoniosa i de cànon clàssic. El 1921, Carner va fer oposicions al cos diplomàtic, abandonà Catalunya i la seva poesia es va tenyir d'enyorament, i, de manera progressiva, d'una tendència a especular sobre problemes metafísics. Al mateix temps, s'alliberà dels jocs i preciosismes formals (*El cor quiet,* 1925, i *La primavera al poblet,* 1935), fins a l'expressió de la màxima complexitat moral del poema narratiu *Nabí* (1941), una de les seves obres mestres.

Un cas atípic dins del noucentisme és el paper que hi representa Maria Antònia Salvà (1869-1958), amb herències de l'Escola Mallorquina i la representació d'un pont de continuïtat entre Costa i Llobera, el seu primer mentor literari, i el noucentisme de Carner i Guerau de Liost, amb qui també va tenir una delicada relació d'amistat. Als seus versos es fonen la natura i la tradició popular; els poemes presenten una visió humil de les coses i la complaença íntima de situar-les amb emoció en l'harmonia del lloc que els pertoca.

Onze anys més jove que Carner, Carles Riba (1895-1959) és l'altra gran figura poètica que es pot emmarcar, si més no en el punt de partença, en els esquemes del Noucentisme. Home de sòlida formació humanística i obert a altres corrents literaris del seu temps, la poesia és, per a Carles Riba, un exercici de rigor intel·lectual, un esforç de màxima depuració del llenguatge i un procés proper al concepte de poesia pura. Escriure poesia significa un acte transcendent a través del qual el poeta s'expressa amb la força dels símbols i la suggestió de la paraula. Abans de la Guerra Civil Espanyola va publicar *Llibre primer d'Estances* (1919), *Llibre segon d'Estances* (1930) i *Tres suites* (1935). Retornat de l'exili, l'abstracció de la seva obra poètica s'enriquí amb elements d'humanitat i lirisme íntim (*Elegies de Bierville,* 1943, i *Salvatge cor,* 1952), i es convertí, fins a la seva mort, en un dels guies i mestres de referència de la literatura catalana durant els primers vint anys de la llarga postguerra.

L'esposa de Carles Riba, Clementina Arderiu (1889-1976), va publicar mitja dotzena de llibres de poesia que, com a conjunt, es presenten emmarcats entre els cànons del noucentisme i una evolució cap a la poesia pura: *Cançons i elegies* (1916), *L'alta llibertat* (1920), *Cants i paraules* (1936), *Sempre i ara* (1946), *És a dir* (1959) i *L'esperança encara* (1969). Les sis obres assenyalen una trajectòria amb l'experiència de la feminitat, la construcció d'una lírica basada en la senzillesa de l'expressió i una voluntat de comunicació, i una poesia on els sentiments només són apuntats i la realitat, de manera general, s'hi presenta idealitzada.

Les avantguardes: Salvat i Foix

En els anys previs a la Gran Guerra (1914-1918) i fins al final de la Segona Guerra Mundial (1939-1945), Europa va viure una enorme efervescència artística amb una multiplicació de moviments plàstics i literaris, que manifestaven, com a denominador comú, una actitud de rebuig envers el món burgès i una concepció experimental i dinàmica de l'art. Aquests moviments, coneguts com les avantguardes, no van néixer del no-res. La seva essència es pot seguir en els corrents artístics del segle XIX que divergien del realisme i el racionalisme burgès i, com un fil conductor que travessa el segle, el seu esperit enllaça amb aspectes concrets del romanticisme. De tota manera, a partir dels primers anys del segle XX, l'impacte dels avenços tècnics simbolitzats per l'automòbil, l'aviació i l'enlluernament del cinema; les primeres manifestacions esportives, amb la poètica de risc, velocitat i violència que les acompanyava, van alimentar els primers *ismes* del nou segle en moviments com l'expressionisme (1905), el cubisme (1906) i el futurisme (1909). Després, l'impacte de la Gran Guerra i les teories de Freud i Einstein van concretar les dues avantguardes més importants, el dadaisme (1916) i el surrealisme (1918).

La majoria d'aquests moviments es van moure per àmbits de geografia francesa i van participar d'una sèrie de característiques comunes, com ara la seva decidida actitud de ruptura, un antiacademicisme militant, una clara consciència de grup, la proclama de la pròpia estètica en forma de manifest i un dinamisme galopant que els feia aparèixer i desaparèixer a gran velocitat. Al costat dels moviments esmentats, es podria parlar, entre d'altres, d'ultraisme, nunisme, creacionisme, neoplasticisme, babelisme, simultaneisme, zenitisme, suprematisme i primitivisme, en el benentès que la majoria no van tenir altra importància que ser testimonis d'un temps de recerca i revolta. Pel que fa a la seva concreció en la pràctica literària, els moviments d'avantguarda van enriquir el conreu de les lletres amb diverses aportacions conceptuals i formals: la imitació de la tècnica pictòrica del *collage,* la invenció de la tipografia del cal·ligrama, entendre el poema com un objecte, practicar la literatura com un joc, fer córrer *paraules en llibertat,* conrear l'humor, el prosaisme i l'actitud antisentimentalista, assajar la simultaneïtat i, sobretot, incorporar l'inconscient en la creació literària, que fou la gran aportació del surrealisme.

A Catalunya, els primers avantguardismes van tenir l'aire cubista i futurista. Cal tenir present, en primer lloc, que Picasso s'havia format a Barcelona i que una de les mostres fundacionals del cubisme pictòric, *Les senyoretes del carrer d'Avinyó* (1907), té temàtica barcelonina. A banda, cal apuntar el paper de diferents protagonistes, com el de Gabriel Alomar, inventor del terme «futurisme» abans que el pare del grup, Tomasso Marinetti; o l'encert del galerista Josep Dalmau, que organitzà, l'any 1912, una gran exposició de la nova pintura, i, sobretot, l'activitat de Joan Salvat-Papasseit, el poeta més representatiu de l'avantguarda catalana. Per bé que partia d'una ideologia llibertària, Salvat-Papasseit s'acostà al futurisme per la seva relació amb els pintors Torres-García i Rafael Barradas, va dirigir les revistes *Un enemic del poble* (1917), *Arc Voltaic* (1918) i *Proa* (1921), i va escriure el primer manifest de l'avantguarda catalana, *Contra els poetes en minúscula. Primer manifest català futurista* (1921). També va ser important l'activitat de la revista

Trossos (1916-18), dirigida per Josep M. Junoy, així com l'entusiasme poètic de Carles Sindreu i de Sebastià Sánchez-Juan.

En l'obra de Joan Salvat-Papasseit (1894-1924) vida i literatura són realitats indestriables perquè la poesia li va servir per idealitzar una vida que hauria volgut menys traumàtica. La seva fou una vida breu marcada primer per la misèria i, després, per la malaltia, que el poeta, rebel a la dissort que el condicionava, va voler sublimar en la pràctica d'un vitalisme apassionat i entusiasta. Malalt de tuberculosi des del 1918, els problemes de salut l'obligaren a fer nombroses cures de repòs que van acabar, els tres darrers anys de la seva vida, en un calvari de sanatori en sanatori. A desgrat d'una actitud d'avantguardisme militant, la seva poesia es nodrí d'estètiques antagòniques evolucionant des del cal·ligrama a la cançó popular. La malaltia li féu estimar cada bri de vida que li era permès i passà, del trencament d'avantguarda dels primers poemes, a poetitzar un recer personal cada cop més interior governat per l'amor i l'entusiasme de la vida. El seu primer llibre poètic, *Poemes en ondes hertzianes* (1919), era fruit de l'enlluernament per la proposta futurista, i tingué continuïtat en un segon volum, *L'irradiador del port i les gavines* (1921), on els jocs d'avantguarda s'arrengleren al costat de poemes tradicionals i usos populars de la poesia. La inflexió del segon volum prosseguí a *La gesta dels estels* (1922), en una poesia de mestissatge entre el realisme interior i la convivència amb l'avantguarda, i la mateixa pràctica poètica apareix també a *El poema de la rosa als llavis* (1923), trenta composicions que expliquen una història d'amor, i en la intensitat del seu darrer llibre, *Óssa Menor* (1925).

L'altre gran nom de l'avantguarda catalana és J.V. Foix (1893-1987), i a un dels versos del llibre *Sol, i de dol* –«M'exalta el nou i m'enamora el vell»– li ha tocat la funció de definir, com una síntesi, l'aspecte més singular de la seva obra, la doble inclinació per la modernitat i la tradició, sentir-se atret alhora per les pintures d'antics museus i la plàstica radical del temps nou, gaudir passejant prop de les muralles del temps antic i, a la vegada, vibrar amb la velocitat entesa com a marca d'avantguarda. Sobre aquest equilibri en una cruïlla d'estètiques diferents, Foix va organitzar el tramat de la seva literatura. Ho va fer considerant-se un *investigador en poesia,* i amb l'actitud poètica de recerca i renovació pròpia de les avantguardes. Ho va contrarestar, però, amb el rigor d'un virtuosisme formal d'alta exigència i la necessitat de reivindicar les veus de la tradició medieval catalana, Ramon Llull i Ausiàs March. La seva investigació el va dur a Petrarca i als trobadors medievals, i va convertir la pròpia recerca en una experiència d'avantguarda que conciliava *Raó* i *Follia*, tradició i modernitat. L'any 1936 era a punt de publicar la seva obra fonamental, *Sol, i de dol*, però la Guerra Civil Espanyola i el panorama sever de la postguerra ho van ajornar fins l'any 1947. *Sol, i de dol* són setanta sonets de tema variat on es rastregen aspectes d'indagació metafísica, preguntes sobre Déu i detalls d'una personalitat disgregada. La gran sorpresa del llibre, però, és l'audàcia de la llengua, un català treballat, precís, contundent i robust, enriquit amb arcaismes, girs medievals i formes dialectals. Després de *Sol, i de dol*, l'obra de J.V. Foix continuà a *Les Irreals Omegues* (1948), *On he deixat les claus...* (1953), *Onze Nadals i un Cap d'Any* (1960) i, entre d'altres, *Desa aquests llibres al calaix de baix* (1964). A *Onze Nadals i un Cap d'Any*, peces escrites entre el 1948 i el 1959, per felicitar el Nadal, el poeta barreja elements d'una literatura culta i els punteja amb tocs d'avantguarda i temes i formes de la tradició popular. Una part important de la producció de Foix la formen les proses poètiques integrades a *Diari 1918,* que, revisades en la seva vellesa, publicà el 1981. Amb anterioritat, n'havia publicat mostres a *Gertrudis* (1927) i *KRTU*

(1932), i, més tard, *L'estrella d'En Perris* (1963), *Darrer comunicat* (1970) i *Tocant a mà...* (1972).

Al marge del Noucentisme. Sagarra i Pla

Josep M. de Sagarra (1894-1961) i Josep Pla (1897-1981) són dos escriptors immunes a la influència del Noucentisme, segurament per una qüestió de pertinença a una classe social diferent, tal com ho explica Joan Fuster. L'assagista valencià ho argumenta a partir del fet que el Noucentisme literari va ser essencialment burgès i, per aquesta circumstància, no va aconseguir que Sagarra, que provenia de la noblesa rural, ni Pla, que era un pagès de tipus mitjà, propietari rural, fossin seduïts per una política cultural que, al capdavall, aprovaven, però de la qual es malfiaven. L'un i l'altre admiraven el treball i l'ambició del noucentisme, però no el compartien; creien en l'empresa de consolidació cultural del país, però hi desconfiaven, i la malfiança de tots dos s'adreçava de manera estricta a la classe social que menava el rumb noucentista, la burgesia.

De l'obra literària de Josep M. de Sagarra s'ha dit, de manera genèrica, si era la d'un escriptor extemporani que mantenia relacions amb romàntics i modernistes com Verdaguer, Guimerà i Maragall. I si més no, com tots tres, va esdevenir un escriptor popular. En el seu cas, la condició social d'aristòcrata no va frenar un afany de professionalització en l'escriptura ni la voluntat de repercutir sobre la societat en què va viure. Va decidir, d'altra banda, no trencar amb la tradició i per això es va considerar hereu dels millors escriptors que l'havien precedit des de la Renaixença al Modernisme. Com Verdaguer, va fer literatura sobre Montserrat i, com Maragall, va tractar el comte

Arnau i la llegenda del mal caçador. Com a poeta, es donà a conèixer amb el *Primer llibre de poemes* (1914), al qual seguiren quatre reculls de cançons inspirats en la tradició del cançoner popular: *Cançons d'abril i novembre* (1918), *Cançons de taverna i oblit* (1922), *Cançons de rem i de vela* (1923) i *Cançons de totes les hores* (1925). Va conrear també el poema narratiu a *El mal caçador* (1916), *El comte Arnau* (1928), *El poema de Nadal* (1931) i *El poema de Montserrat* (1956), on reprèn i actualitza les llegendes maragallianes i no oblida el mestratge de Verdaguer. La seva és una poesia de brillantor formal, verb lluminós i amplis recursos lèxics que, en principi, no sembla que s'allunyi gaire dels esquemes noucentistes que predicaven l'obra ben feta. Tot i això, la facilitat versificadora de Sagarra i el seu profund coneixement de la llengua fan que la seva literatura sigui superior, en termes formals, a bona part de la plèiade noucentista. Com a narrador, Sagarra és autor d'una de les grans novel·les del segle XX, *Vida privada* (1932), va participar en el debat sobre la novel·la dels anys vint; va escriure les proses brillants de *La ruta blava* (1964), fruit del seu viatge a la Polinèsia durant la Guerra Civil Espanyola; va traduir la *Divina Comèdia,* de Dante, i gairebé tot el teatre de Shakespeare, i va escriure, per a l'escena, obres de teatre de gran èxit entre el públic, com ara *La filla del Carmesí* (1929), *L'hostal de la Glòria* (1931), *El cafè de la Marina* (1933) i una trentena més de peces de caràcter més irregular.

Com Josep M. de Sagarra, Josep Pla fou un professional de les lletres que, l'any 1918, escrivia que era objectivament desagradable no sentir cap il·lusió, ni la de les dones ni la dels diners, només «aquesta secreta i diabòlica mania d'escriure» [...] «a la qual probablement ho sacrificaré tot en la vida». La dèria d'escriure portà Pla a confegir un immens corpus literari, de difícil classificació temàtica, amb interferències constants entre els gèneres. El mateix autor deia que li hauria agradat d'escriure unes *memòries interminables* per reflectir la societat del seu temps i estalviar les injustícies de l'oblit. Per construir aquest gruix complex de literatura, Josep Pla utilitzà l'assaig i el reportatge, els dietaris i les biografies, els relats i les cròniques de viatges i la narració convencional. La barreja de tots aquests gèneres, però, no suposa en el seu cas cap dispersió mal travada, ans al contrari, l'obra de Pla és unitària en el sentit de ser una literatura passada pel sedàs de l'experiència personal segons el seu consell de no *escriure res, ni una ratlla, que no s'hagi vist, observat i meditat*. D'aquesta estratègia, en deriva un estil atent als petits detalls, fidel observador del món i dels homes, dels paisatges i de la geografia, dels esdeveniments històrics i de les anècdotes, dels fets polítics i de les xafarderies. Una cosmovisió que Josep Pla, irònic i maliciós, té la capacitat de descriure amb detall, amb un estil precís i una adjectivació ajustada. Periodista en exercici des dels vint anys, en l'itinerari biogràfic de Pla és fàcil distingir els anys d'una joventut cosmopolita i viatgera, que el va dur a cobrir la informació dels grans fets de la política europea fins la dècada dels anys trenta, i una llarga maduresa que, un cop acabada la Guerra Civil Espanyola, el va dur a instal·lar-se definitivament al mas Pla, a Llofriu, on va lliurar-se a escriure i d'on només sortí en comptades ocasions. Per això Josep Pla se'ns presenta també com un autor vinculat a la terra, un propietari rural conscient de ser-ho. Al cap i a la fi, el seu pragmatisme no era altra cosa que el sentit pràctic d'un pagès llegit i culte, i amb el fons amarat per un paradoxal individualisme anàrquic. Per això esdevingué un escriptor de mentalitat conservadora i, sense ser un burgès, arribà a configurar-se com l'intel·lectual crític més representatiu de la burgesia catalana de la primera meitat del segle XX.

El debat de la novel·la

Entre el 1906 i el 1917, anys d'idil·li noucentista, la literatura catalana tragínà molta poesia i poca novel·la. La palpitació rasa de la vida no semblava que encaixés entre els artificis estètics del nou-cents i foren, efectivament, anys de crisi i de buit en el conreu de la novel·la. En realitat, feia temps que arreu circulaven aires de canvi perquè es trobaven obsolets els esquemes narratius del segle XIX i semblava, fins i tot, que s'havia exhaurit el ventall de les seves possibilitats tècniques. En altres literatures europees, més que no pas una crisi es va viure un procés de recerca i de renovació del gènere. No és cap casualitat que, entre el 1912 i el 1922, apareguessin tres dels noms fonamentals en la transformació novel·lística del segle XX, Proust, Kafka i Joyce.

La trajectòria del Josep M. de Sagarra novel·lista encaixa entre aquests eixos: se situa, d'una banda, en el context d'un temps de desconcert per la renovació del gènere, més acusat, si fos possible, a Catalunya, pel rebuig cap a la novel·la propi de l'idealisme noucentista. No fou fins a partir del 1917 que es van començar a sentir les primeres veus crítiques per aquest buit i, alguns anys més tard, s'obrí un debat en què participaren, sobretot, Josep M. de Sagarra i Carles Riba. L'any 1925, el debat novel·lístic va presentar les oportunes reflexions de Josep M. de Sagarra en els articles «La por a la novel·la» i «La utilitat de la novel·la», contestades per Carles Riba al conegut article «Una generació sense novel·la».

Fou també en aquells anys, al desembre del 1927, que a la tertúlia Borralleres de l'Ateneu Barcelonès, el record del primer aniversari de la mort de Joan Crexells coincidí amb els comentaris sobre la concessió, a França, del darrer premi Goncourt. De l'encreuament d'ambdós temes sorgí la idea de crear un premi similar en record i homenatge a la figura de Joan Crexells. Aquesta iniciativa fou molt ben acollida per una societat literària que, dos anys enrere, havia culminat una llarga polèmica sobre l'absència de novel·la en la literatura catalana contemporània. Entre els darrers anys dels vint i la dècada dels trenta, el premi Crexells animà el panorama narratiu català posant l'èmfasi en els autors i les obres següents: J. Puig i Ferreter (*El cercle màgic,* 1929), Miquel Llor (*Laura a la ciutat dels sants,* 1930), Prudenci Bertrana (*L'hereu,* 1931), Josep M. de Sagarra (*Vida privada,* 1932), Carles Soldevila (*Valentina,* 1933), Teresa Vernet (*Les algues roges,* 1934), E. Martínez i Ferrando (*Una dona s'atura en el camí,* 1935), Francesc Trabal (*Vals,* 1936), Mercè Rodoreda (*Aloma,* 1937) i Noel Clarasó (*Francis de Cer,* 1938).

1939: Any zero de la cultura catalana

Al juliol del 1936, una part de l'exèrcit espanyol es va rebel·lar contra el govern de la República i començà una guerra civil que s'allargà fins a l'abril del 1939. S'hi van enfrontar dues ideologies oposades, i la victòria dels insurgents, dirigits pel general Franco, va suposar la fi del sistema democràtic, l'abolició dels partits polítics, la imposició del castellà com a única llengua i una repressió sense precedents contra les persones i les idees contràries al nou règim. La dictadura franquista defensava a tota ultrança la unitat d'Espanya i la destrucció de les nacionalitats catalana, basca i gallega, que, en els anys anteriors a la guerra, havien aconseguit cotes d'autonomia política i una certa normalitat cultural. A Catalunya la repressió fou ferotge: s'abolí la Generalitat i l'Estatut d'Autonomia, i es va prohibir l'ús públic i oficial de la llengua catalana, com també el seu ensenyament. A les Balears, la persecució cultural i lingüística fou més primerenca perquè, des del mateix juliol del 1936, les illes van fer costat als revoltats. A València, en canvi, la repressió no va ser tan acarnissada, perquè encara no s'hi havia perfilat una cultura tan reivindicativa com a Catalunya ni eren tan arrelades les expectatives nacionalistes.

El panorama del 1939 era desolador i ha estat qualificat com l'any zero de la cultura catalana: l'ús de la llengua quedà reduït als àmbits privats, les entitats culturals foren prohibides, i es van clausurar les editorials, les revistes, els diaris i les emissores de ràdio en català. Als escriptors catalans, sense cap alternativa per poder funcionar públicament i privats de les infraestructures imprescindibles, no els quedà altres opcions que l'exili, la claudicació o el silenci. És per aquesta raó que la literatura catalana entre el 1940 i el 1960 es mou en dos àmbits geogràfics complementaris: el de la clandestinitat, dins de Catalunya, i el que generen, en geografia aliena, els grups de l'exili.

Les etapes del franquisme

Fins l'any 1945, les expectatives de supervivència de la cultura catalana eren gairebé inexistents. Només feia sis mesos que havia acabat la Guerra Civil Espanyola quan, al setembre del 1939, esclatava la Segona Guerra Mundial. El general Franco, tot i la seva sintonia amb els règims de Hitler i Mussolini, va aconseguir no entrar-hi de manera directa amb el raonament que Espanya havia quedat desfeta. El procés de reconstrucció passava, en la perspectiva del nou règim, per la destrucció de la memòria anterior al 1936. En aquest context, els anys més durs de la repressió franquista van transcórrer en paral·lel a la Segona Guerra Mundial, entre el 1939 i el 1945. Les presons eren plenes, els judicis sumaris se succeïen sense aturador, les execucions eren el pa de cada dia, la por vivia instal·lada en el cos de tothom i, pel que fa el món cultural, regnava la censura en qualsevol manifestació de catalanitat.

Acabada la Guerra Mundial, les potències aliades van decretar el bloqueig a l'Espanya de Franco i es van intensificar les accions dels grups guerrillers. Però malgrat el bloqueig i la breu campanya bèl·lica que van dur a terme els maquis, el règim de Franco va sortir afavorit de la nova situació creada en acabar-se la Segona Guerra Mundial. El tractat que els aliats van signar a Potsdam va tenir, com a efectes secundaris, la divisió del món en dues grans àrees d'influències, la comunista i la de les democràcies occidentals. La tensió que se'n derivà immediatament, l'anomenada Guerra Freda, va acabar jugant a favor de la posició geopolítica espanyola i féu possible, a partir dels anys cinquanta, el reconeixement exterior del nou règim amb el pacte amb els Estats Units i el Vaticà, i l'entrada d'Espanya a la UNESCO i a l'ONU.

Aquesta obertura al món va activar l'economia afavorint l'emigració dels treballadors espanyols a l'estranger, abans que, al final dels anys cinquanta, comencés l'anomenat *boom* del turisme. La bonança econòmica s'accelerà durant la dècada dels seixanta amb un ràpid creixement del consum, la multiplicació del poder adquisitiu i l'entrada en moltes llars dels primers cotxes i electrodomèstics. Eren els mateixos anys en què la llibertat de costums del turisme sacsejava els hàbits puritans de la dictadura i el món començava a desactivar la Guerra Freda accelerant una política de canvis en sectors molt diferents de la societat. L'Església es renovava amb Joan XXIII i les noves generacions creixien amb la música dels Beatles i els moviments contraculturals. A l'interior de l'Estat espanyol s'organitzava l'oposició sistemàtica al règim franquista i es produïa una represa de la cultura catalana a mesura que s'obrien escletxes que en permetien la dinamització. És així que l'any 1959 va aparèixer la revista «Serra d'Or»; el 1961, es creà Òmnium Cultural; el 1962 nasqué Edicions 62; el 1964 la vella Editorial Proa tornà de l'exili i el 1965 s'instituí la càtedra de llengua i literatura catalanes a la Universitat de Barcelona. De manera paral·lela, s'havia iniciat el moviment de la «Nova Cançó» amb «Els Setze Jutges», la llengua catalana, a conseqüència del Concili II del Vaticà, havia entrat en la litúrgia i començaven les campanyes populars a favor del seu ensenyament. La decadència del franquisme s'accelerà al final dels seixanta rere la decrepitud física del dictador, que morí la tardor del 1975, per donar pas a la transició cap a la democràcia.

Una literatura a l'exili

En els darrers dies de la Guerra Civil Espanyola, molts escriptors catalans van passar la ratlla de França cap a l'exili. A l'altre costat de la frontera els esperaven dues menes de destins: si anaven uniformats o no tenien els papers en ordre els duien a algun dels diferents camps de refugiats del Rosselló, i aquest va ser el primer destí, entre d'altres, de Pere Calders, Agustí Bartra i Lluís Ferran de Pol. En canvi, si anaven documentats i tenien l'aval d'organitzacions franceses eren acollits en residències, com el castell de Roissy-en-Brie, prop de París, on van anar a raure Anna Murià, Mercè Rodoreda, Armand Obiols i, més tard, Agustí Bartra. Tant en un cas com en l'altre, el temps d'estada fou escàs perquè, pocs mesos després, començà la

Segona Guerra Mundial i França fou envaïda per Alemanya. En aquest nou context, un grup nombrós d'exiliats va prendre l'opció d'embarcar-se cap a Amèrica i, els que es van quedar, van haver de triar entre resistir a França, passar a la Gran Bretanya o traslladar-se a països del bloc socialista.

Mèxic i Xile es van convertir en els centres d'acollida més importants dels exiliats a Amèrica. Joan Oliver, Xavier Benguerel, Domènec Guansé i C.A. Jordana es van reunir a Xile, mentre que, a Mèxic, van coincidir Josep Carner, Joan Sales, Agustí Bartra, Anna Murià, Avel·lí Artís-Gener (*Tísner*), Pere Calders i Lluís Ferran de Pol. Els exiliats a Mèxic, a més de l'hospitalitat del govern presidit per Lázaro Cárdenas, van conèixer la realitat de l'antiga tradició d'arrelament català en terres mexicanes, la qual cosa els va permetre desplegar una notable activitat cultural. Durant els anys quaranta i cinquanta, a Mèxic es van convocar els Jocs Florals de la Llengua Catalana, es van fer néixer projectes editorials i es van publicar revistes com *Pont Blau*, *La Nostra Revista* i, sobretot, *Quaderns de l'Exili*, vincle de comunicació entre l'exili americà i l'europeu.

La llarga estada en geografies exòtiques i amb una forta presència de les cultures precolombines va originar un diàleg intercultural i una seducció dels escriptors catalans envers les essències de la terra d'acollida. Aquesta trajectòria es pot seguir en obres tan diverses com la peça de teatre de Josep Carner, *El ben cofat i l'altre* (1951), inspirada en una llegenda mexicana; en la recreació de llegendes maies a *Abans de l'alba* (1954), de Lluís Ferran de Pol; en el poema mitològic d'Agustí Bartra, *Quetzalcòatl* (1971) i en la literatura d'Avel·lí Artís-Gener i de Pere Calders. L'obra poètica d'Agustí Bartra (1908-1989), narrador i autor de teatre, a més de poeta, exemplifica bé aquesta relació amb les geografies de l'exili en tres coordenades complementàries: l'assumpció de les cultures que van acollir-lo (*L'evangeli del vent*, 1956, i *Quetzalcòatl*, 1971), els records de la guerra i l'enyorança de Catalunya (*L'arbre de foc*, 1946) i la reflexió derivada del retorn (*Poemes del retorn*, 1971).

Una literatura clandestina

La situació era diferent i molt més precària a l'interior de Catalunya. El gruix de la població intel·lectualment més activa havia hagut d'emigrar, la burgesia dirigent havia claudicat i l'única alternativa per als escriptors catalans era un tancament a les catacumbes de la resistència, on la literatura deixava de ser un fenomen social per esdevenir una petita heroïcitat testimonial. Els homes de lletres es reunien en cases particulars, es trobaven per dur a terme lectures en cercles reduïts. L'any 1942, de manera clandestina, en una d'aquestes cases particulars l'Institut d'Estudis Catalans va reprendre la seva activitat. Tot i això, des del principi dels anys quaranta, hi ha indicis d'una voluntat de supervivència cultural i de represa editorial que és possible, en alguns casos, per l'engany de posar peus d'impremta falsos en els llibres i, en altres, perquè s'aprofiten coneixences personals políticament ben relacionades. L'any 1943, Josep M. Cruzet, vinculat a la Llibreria Catalònia, edita, amb ortografia prefabriana, les *Obres Completes* de Jacint Verdaguer, i l'any 1946 funda l'Editorial Selecta. Rere seu hi ha un lent degoteig d'iniciatives editorials. Entre el 1944 i el 1945, es va editar de manera clandestina la revista *Poesia*, la primera publicació en català sota el franquisme, obra personal de Josep Palau i Fabre, que posteriorment fou substituïda per *Ariel*, també clandestina, que va sortir del 1946 al 1951. Les dues publicacions van ser fruit de l'optimisme generat pel final de la Segona Guerra Mundial quan, amb motiu de la victòria dels aliats sobre l'eix, la resistència catalana va viure la il·lusió d'una possible caiguda de la dictadura franquista.

En aquells anys, la situació de l'escriptor català era d'una precarietat absoluta; no hi havia diaris i revistes en què col·laborar, ni editorials competitives ni projectes de traducció. Les poques alternatives de compensació econòmica per a un escriptor sortien dels mecenatges i dels premis literaris que es van començar a convocar a la meitat de la dècada dels quaranta. L'any 1951, el lliurament dels premis Joanot Martorell de novel·la i Ossa Menor de poesia van institucionalitzar la Festa Literària de Santa Llúcia. Era un temps, d'altra banda, en què començaven a retornar alguns exiliats (Carles Riba, Clementina Arderiu, Lluís Ferran de Pol, Joan Oliver, Joan Sales i Xavier Benguerel, entre altres) i Carles Riba es convertia en una autoritat indiscutible, en punt de referència de la literatura catalana i en el mestre d'una cultura que lluitava per sobreviure i per ser reconeguda. Per això calia dotar-la amb una mínima infraestructura editorial que, a mitjan anys cinquanta, va començar a prendre forma amb la creació del «Club dels Novel·listes» (1955) i l'aparició, els anys immediats, de les editorials Nova Terra (1957), Estela (1958), Edicions 62 (1962), Pòrtic (1963), La Galera (1963), així com el retorn de l'exili de la degana Edicions Proa, l'any 1964. A cavall dels anys cinquanta i principi dels seixanta, la represa de la literatura catalana era una evidència que semblava inqüestionable malgrat la vigència d'obstacles tan cantelluts com la censura.

La poesia fins al 1959. Simbolisme i avantguarda

La poesia catalana de postguerra va comptar amb l'orientació de Carles Riba, que la dirigí pels camins del simbolisme i criteris de continuïtat noucentista fins a la seva mort, l'any 1959. Els temes de Déu, la mort i l'angoixa existencial van senyorejar una lírica que també introduïa la problemàtica civil entre girs de llenguatge simbolista en la línia que assenyalaven dos dels millors exponents d'aquesta poesia: *Nabí* (1941), de Josep Carner, i *Elegies de Bierville* (1942), de Carles Riba. En l'òrbita poètica més acostada a Riba s'han de situar les trajectòries de Clementina Arderiu (1889-1976), Rosa Leveroni (1910-1985), Joan Teixidor (1913-1992) i Joan Vinyoli (1914-1984). La primera fou l'esposa de Carles Riba, la seva poesia, formada en el cànon noucentista, va obrir-se al simbolisme i no va abandonar, tampoc, el conreu de la tradició popular. Rosa Leveroni havia estat deixebla de Riba a l'Escola de Bibliotecàries, i la influència del mestre és palesa en la seva poesia, d'aire intel·lectual i amb poques concessions retòriques. Joan Teixidor destacà com a crític literari de fina sensibilitat i poeta de concentració i puresa expressives. El plany per la mort d'un fill de set anys originà *El príncep* (1954), l'obra potser més intensa del seu itinerari poètic. Finalment, Joan Vinyoli, a més de ser un poeta vinculat al mestratge de Carles Riba, representa una de les trajectòries més intenses de la poesia catalana del segle xx, sobretot a partir del 1970, amb obres com *Tot és ara i res* (1970), *Vent d'aram* (1976), *Cercles* (1979), *A hores petites* (1981), *Domini màgic* (1984) i *Passeig d'aniversari* (1984).

En la mateixa òrbita simbolista, per bé que amb girs més acostats a la poesia pura, hi ha l'obra de l'eivissenc Marià Villangómez (1913-2002) i les trajectòries de dos poetes excepcionals, Màrius Torres (1910-1942) i Bartomeu Rosselló-Pòrcel (1913-1938), morts tots dos en plena joventut i amb dos perfils d'alta singularitat poètica. Des del sanatori de Puig d'Olena, on el poeta ingressà el 1935, la poesia de Màrius Torres va teixir un diàleg personal d'amor i de mort, alhora que, metafòricament, interpretava el final del somni col·lectiu. Va mantenir una breu relació epistolar amb Carles Riba i, abans de morir, va triar els poemes que volia salvar de la seva obra i que el seu amic Joan Sales va publicar a Mèxic (*Poesies,* 1947). L'obra del mallorquí Bartomeu Rosselló-Pòrcel, plena també d'intensitat, s'obre a un ample ventall de registres que van del neogongorisme barroc fins a models de poesia pura. Amic de Salvador Espriu i deixeble de Riba, Rosselló-Pòrcel va publicar *Nou poemes* (1933), *Quadern de sonets* (1934) i, pòstumament, la seva gran obra *Imitació del foc* (1938).

Al costat de la tradició simbolista orientada pel mestratge de Carles Riba, cal esmentar un altre grup d'estètica diferent, per bé que responsable, igualment, d'una obra original i de qualitat. És el cercle a l'entorn de J.V. Foix, amb Josep Palau i Fabre i Joan Brossa com a figures cabdals. Rere la petja de Rimbaud, Josep Palau i Fabre (1917) entén el poema com una exploració de la realitat i els seus límits. En la seva obra fonamental, *Poemes de l'Alquimista* (1972), n'extreu dos conceptes bàsics: l'alquímia com a mètode i la funció de vident com a pràctica poètica. Per la seva banda, la poesia de Joan Brossa (1919-1998) resumeix una concepció de l'art sense fronteres i la manipulació lúdica de la realitat. Insòlit i multiforme, el seu univers és una aposta literària d'avantguarda presidida pel risc, el joc i l'experimentació. Abans del 1970, Brossa era un poeta marginal; el seu esclat es produí amb la publicació de *Poesia rasa* (1970), que recollia l'obra escrita entre el 1943 i el 1959. Rere Brossa i Palau i Fabre, al final dels anys quaranta i principis dels cinquanta es van donar a conèixer quatre poetes joves que havien començat la seva obra al marge de la influència de Riba: Joan Perucho (1920-2003), Guillem Viladot (1920-1999), Jordi Sarsanedas (1924) i Blai Bonet (1926-1997).

Joan Oliver i Salvador Espriu

En el context de la literatura de postguerra, Joan Oliver (1899-1986) i Salvador Espriu (1913-1985) representen, a més de dues veus molt personals, unes trajectòries literàries excel·lents situades al marge de la pervivència noucentista. Joan Oliver, que signava els poemes amb el nom de Pere Quart, es va donar a conèixer com a poeta en dos llibres d'humor àcid: *Les decapitacions* (1934) i *Bestiari* (1937), totes dues obres fruit de l'ambient propiciat pel Grup de Sabadell, una colla de joves provocadors, situats a frec de les avantguardes, entre els quals hi havia Armand Obiols, Francesc Trabal i el mateix Oliver, que practicaven l'esport de la literatura a partir del joc, l'enginy i d'una actitud agressiva en clau d'humor. Alguns anys més tard, l'amarga experiència de la guerra i d'un exili que s'allargà fins a l'any 1948 van capgirar aquesta bonhomia irònica cap a la tristesa moral que traspua *Saló de tardor* (1947) i *Terra de naufragis* (1956). Després, a *Vacances pagades* (1960) i *Circumstàncies* (1968), Joan Oliver trobà el punt madur d'una veu poètica de racionalisme escèptic que recuperava una sintonia d'humor amb l'obra anterior a la Guerra Civil. En tractar-se d'una poesia arrelada a la realitat, va ser considerada com un dels primers referents del *realisme històric*. Posteriorment, la seva obra continuà a *Quatre mil mots* (1977) i *Poesia empírica* (1981). Joan Oliver va ser un singular autor teatral, amb una trajectòria que inicià als anys vint amb la voluntat de superar la comèdia burgesa. Passà després per una etapa de teatre de combat (*La fam*, 1938) i, en anys de postguerra, va obrir un camí que volia arribar a un públic ampli amb obres com ara *Primera representació* (1955) i *Ball robat* (1956), entre d'altres. Com a narrador, va publicar *Una tragèdia a Lil·liput* (1928) i *Biografia de Lot i altres proses* (1963).

Salvador Espriu va néixer a Santa Coloma de Farners però va passar la seva infantesa a Barcelona i a Arenys de Mar, un indret que, amb el nom de Sinera («Arenys» llegit a l'inrevés), ha esdevingut una geografia mítica de la seva obra i és l'escenari central del seu món literari. Va estudiar dret i història antiga a la Universitat Autònoma de Barcelona, però la Guerra Civil i la dictadura franquista van trabucar un futur que es preveia brillant en el món universitari. De temperament solitari, a partir del 1939 Espriu va reduir la seva activitat laboral a feines de tipus administratiu i, com a escriptor, a un tancament progressiu en el refugi de la literatura. Reeixí com a narrador, dramaturg i poeta, i la seva obra pot definir-se com una llarga i profunda meditació sobre la mort. Els seus inicis són marcats per la narrativa en novel·les com *Dr. Rip* (1931) i *Laia* (1932), dues obres de ruptura amb les pautes del noucentisme i l'esforç per encaixar amb la novel·la europea del seu temps. A continuació, publicà els relats d'*Aspectes* (1934), *Ariadna al laberint grotesc* (1935), *Miratge a Citerea* (1935) i *Letízia* (1937), i al final de la seva vida tornà a la narrativa amb *Les roques, el mar, el blau* (1981). Pel que fa al teatre, Espriu s'inicià amb *Antígona* (1939), escrita pocs dies abans de l'entrada de l'exèrcit franquista a Barcelona. A partir del model grec homònim, *Antígona* és una reflexió sobre la lluita entre germans que comporta la necessitat de reconciliació. El mateix interès per les conseqüències del conflicte bèl·lic, així com per la dissort del seu poble, omplen

Primera història d'Esther (1948), un text fonamental del teatre català del segle XX.

La poesia de Salvador Espriu, com la narrativa i el teatre, també és una conseqüència de la Guerra Civil. Els seus versos s'encaren als mateixos temes, s'allunyen del formalisme noucentista, es concentren en la força d'una expressió nua i s'omplen d'elements mítics i de referents literaris per concretar-se, sovint, en composicions d'un cert hermetisme. Una tirada melangiosa i elegíaca obria els dos primers reculls, *Cementiri de Sinera* (1946) i *Les cançons d'Ariadna* (1949), que també incloïen elements satírics sobre el present de la situació històrica. A continuació, la poesia d'Espriu segueix amb la reflexió sobre la mort a *Mrs. Death* (1952), *El caminant i el mur* (1954) i *Final del laberint* (1955), i, amb *La pell de brau* (1960), el poeta enceta una proposta de diàleg amb Sepharad (Espanya), es queixa pel passat immediat i denuncia les injustícies de la guerra entre germans. Pel que tenia de compromís polític, *La pell de brau*, així com *Llibre de Sinera* (1963) van ser considerats models de poesia cívica durant la dècada dels seixanta, anys de predomini de l'estètica del *realisme històric*. *Setmana Santa* (1971), en canvi, reflectia una preocupació més metafísica. El cicle es tancà amb un recull circumstancial, *Per a la bona gent* (1984).

La poesia a partir del 1960

Com ja s'ha dit, els seixanta van ser anys de canvi en molts aspectes de la vida social europea, a banda que, a Catalunya i a Espanya, el temps es caracteritzés per una oposició creixent al règim franquista. Els partits marxistes van entrar en la dinàmica del món universitari, van obrir debats sobre la funció de la literatura, i arreu es parlava d'una literatura compromesa amb la realitat, així com de les possibilitats de la mateixa literatura com a eina per transformar-la. La voluntat d'intervenció de les noves lleves d'escriptors va xocar amb els models literaris d'herència simbolista, que aviat van ser qüestionats en benefici d'una literatura de compromís social que, segons els indrets, s'anomenava realisme històric, realisme cívic o realisme socialista. A les lletres catalanes, el debat s'accelerà a la mort de Carles Riba, el 1959, perquè les seves posicions estètiques i l'autoritat moral que exercia havien refredat unes expectatives de canvi covades des de mitjan anys cinquanta i que es van convertir en una proposta dominant en la literatura catalana dels seixanta.

Tots els gèneres es van afilerar a la crida del compromís amb la realitat, però va ser en àmbits de la poesia on s'assolí més relleu i gruix d'articulació teòrica. El 1960 havia coincidit la publicació de *Vacances pagades*, de Joan Oliver, i *La pell de brau*, de Salvador Espriu, llibres considerats preàmbul del realisme, per bé que el moviment va partir de la formulació teòrica del duet Joaquim Molas i Josep M. Castellet a l'antologia *Poesia catalana del segle* XX (1963). Poetes com Vicent Andrés Estellés, Josep M. Llompart i Miquel Martí i Pol, entre d'altres, van coincidir en els cànons del realisme històric, abans d'evolucionar per camins d'estètiques personals. En aquest sentit, la poesia de Vicent Andrés Estellés (1924-1993) té la força de qui necessita expressar-se per intervenir en el món mitjançant la paraula, tractant d'ordenar el caos de la pròpia existència. Els volums que configuren el conjunt de la seva *Obra Completa* conformen una poesia que es nodreix de la realitat i que ho basa gairebé tot en la capacitat i el joc de sinceritat del poeta. Un inventari personal amb forma de crònica que construeix, com un gran fresc, el mural de la terra i la gent. Per la seva banda, el primer llibre de Josep M. Llompart (1925-1993), *Poemes de Mondragó* (1961), encaixava de dret en els esquemes realistes, però l'autor evolucionà cap a una poesia discretament eclèctica en obres com *Mandràgola* (1980), *La Capella dels Dolors* (1981), *Jerusalem* (1990) i *Spiritual* (1992). Miquel Martí i Pol (1929-2003), un del poetes catalans més llegits del segle XX, també s'inicià en una poesia que barrejava els elements d'una crisi d'existencialisme religiós amb una literatura social adscrita al *realisme històric*. L'escriptor, però, fou afectat per una malaltia que, des del 1970, condicionà enormement la seva activitat personal. La malaltia va enriquir-li la veu poètica i, assumint-la, la va vèncer a través d'una obra d'afirmació vitalista que proclamava el triomf de la vida i de la literatura sobre la malaltia i la mort. Els seus llibres més coneguts són *La pell del violí* (1974), *Cinc esgrafiats a la mateixa paret* (1976), *Estimada Marta* (1978), *L'hoste insòlit* (1978), *Suite de Parlavà* (1992), *Un hivern plàcid* (1994) i *Llibre de les solituds* (1997).

Un tombant de notable interès, el protagonitzà Gabriel Ferrater (1922-1972), que va reunir, a *Les dones i els dies* (1968), el conjunt de la seva obra poètica: *Da nuces pueris* (1960), *Menja't una cama* (1962) i *Teoria dels cossos* (1966). Tres llibres de maduresa i una poesia que, tot i ser etiquetada com a realista en sentit ampli, diferia dels models cívics de la poesia del realisme històric. Es tractava d'una literatura que naixia de la realitat, per bé que s'hi afegia una voluntat d'art en el poema, la consideració que la peça literària havia de ser vàlida per ella mateixa i la intenció d'extreure una lliçó moral de cadascun dels poemes. Cap al final dels anys seixanta, la poesia social havia començat a mostrar la contradicció de la pròpia feblesa estètica i es plantejaven dubtes sobre la possibilitat de la literatura com a eina per transformar el món i la història. En aquest sentit, Gabriel Ferrater es va convertir en portaveu d'aquesta altra opció realista que era fruit d'una reflexió moral de la quotidianitat, un realisme personal i una visió íntima del món i de la vida, l'estratègia coneguda com a *poesia de l'experiència.* Ferrater va esdevenir, d'aquesta manera, punt de referència de la renovació literària dels seixanta i va ser l'orientador d'un grup de poetes joves (Narcís Comadira i Marta Pessarrodona, entre d'altres), que han concretat la seva trajectòria en una poesia de reflexió moral, en la línia de la tradició anglesa que ens arriba d'Auden, Hardy i Graves, però sense oblidar la pròpia herència literària i la recuperació de grans noms com ara Josep Carner i J.V. Foix.

Altres poetes, com Feliu Formosa (1934), Joan Margarit (1938) i Miquel Bauçà (1940-2005), han consolidat unes poètiques en evolució, encetades en algun cas a l'ombra del *realisme històric,* i que han girat fins a trobar una veu pròpia. Joan Margarit encara els revolts del viatge d'un canvi de llengua: el 1981 va irrompre en el panorama líric català després d'uns quants anys de creació en llengua castellana, i la seva poesia, amb registres d'elegia, es configura des de la reflexió davant l'horitzó de derrotes de la vida. Aquests tres poetes (Formosa, Margarit i Bauçà) són a la frontera de la *generació dels setanta,* expressió encunyada en el llibre d'entrevistes de Guillem-Jordi Graells i Oriol Pi de Cabanyes *La generació literària dels 70* (1971), on es presentava la lleva d'escriptors nascuts entre el 1939 i el 1949, que compartien el fet d'haver estat infants en la immediata postguerra, haver crescut entre l'estètica de còmics i mites del cinema, i haver-se armat amb una formació autodidàctica. Escriptors que havien tastat el progrés i la utopia dels anys seixanta, i s'havien donat a conèixer a partir del 1968 i el principi dels setanta. Una lleva formada pels poetes Marta Pessarrodona (1941), Narcís Comadira (1942), Francesc Parcerisas

(1944), Pere Gimferrer (1945), Jaume Pont (1947), Josep Piera (1947) i Maria-Mercè Marçal (1952-1998). Aquesta darrera s'ha configurat com una de les aportacions més sòlides de la poesia feminista en la literatura catalana de tots els temps, amb els llibres *Cau de llunes* (1976), *Bruixa de dol* (1979), *Sal oberta* (1982), *La germana, l'estrangera* (1985), *Desglaç* (1989) i el recull pòstum *Raó del cos* (2000).

Cop d'ull a la narrativa de postguerra

El panorama de la postguerra i la fèrria censura franquista van fer inviables els esforços per publicar novel·les abans que no s'acabés la Segona Guerra Mundial. A partir del 1947, la convocatòria dels premis Joanot Martorell, de novel·la, i del Víctor Català, de narrativa curta, es proposà fomentar-ne el conreu, recuperar el públic lector i crear-ne de nou. Dels guanyadors de les primeres convocatòries van sortir escriptors nous que es deien Maria Aurèlia Capmany (1918-1991), Manuel de Pedrolo (1918-1990), Jordi Sarsanedas (1924), Ramon Folch i Camarasa (1926) i Josep M. Espinàs (1927), al mateix temps que s'anaven recuperant noms establerts a l'exili, com ara Xavier Benguerel (1905-1990), Lluís Ferran de Pol (1911-1995) i Pere Calders (1912-1994), i els supervivents de la tradició narrativa d'abans de la guerra com Miquel Llor (1894-1966), Llorenç Villalonga (1897-1980) i Mercè Rodoreda (1908-1983). D'una manera general, era una narrativa que responia als cànons i criteris de la novel·la psicològica, i es nodria d'influències i corrents diversos: de la tradició francesa que derivava de Mauriac i Bernanos, dels americans de la generació perduda i dels mestres de l'existencialisme (Sartre, Camus,

Beauvoir). Cap al final dels cinquanta, es van perfilar dos grups d'escriptors en el panorama narratiu català: els que ja eren actius abans de la guerra i la nova generació sorgida a l'empara dels premis. Del primer grup són Llorenç Villalonga, Mercè Rodoreda i Pere Calders, els dos primers, sobretot, a partir del rellançament que els suposà la publicació de *Bearn o la sala de nines* (1961) i *La plaça del Diamant* (1962) respectivament. Alguns anys abans, Pere Calders i la mateixa Mercè Rodoreda havien contribuït al prestigi del premi de contes Víctor Català amb *Cròniques de la veritat oculta* (1955) i *Vint-i-dos contes* (1958).

Fill d'una família de propietaris rurals, Llorenç Villalonga va estudiar medicina i psiquiatria, i s'instal·là a Ciutat de Palma, on exercí de metge en una clínica mental fins a la seva jubilació. Bona part de la seva producció narrativa gira entorn de la fixació del món decadent de l'aristocràcia mallorquina que ja havia tractat en la seva primera novel·la, *Mort de Dama* (1931), i que continuà a *Bearn o la sala de les nines* (1961), la més coneguda de les seves novel·les. En el primer cas, dibuixava el retrat corrosiu i satíric d'una aristòcrata mallorquina, la mort de la qual simbolitzava la caiguda d'un món condemnat a desaparèixer; en el segon, recreava el món de l'aristocràcia rural de l'illa i en construïa la crònica elegíaca.

Mercè Rodoreda, la novel·lista més important de la literatura catalana del segle xx, era barcelonina, filla d'una classe mitjana tocada per la literatura i el teatre, i amb l'experiència d'una infantesa plàcida on, del seu avi, va heretar dues passions que la van marcar tota la vida: l'amor a Catalunya i a la seva llengua, i una devoció per les flors. La fi de la infantesa va desembocar en una adolescència solitària, en un matrimoni d'interessos, una precoç maternitat i un desencís traumàtic que va trobar en la literatura l'alternativa de la fugida. Durant els anys de la

República, Mercè Rodoreda va publicar quatre novel·les, que després va rebutjar, i arribà a una certa maduresa en la primera versió d'*Aloma* (1938). L'any 1939, passà la frontera cap a l'exili, s'instal·là a Roissy-en-Brie amb altres escriptors i encetà una intensa i definitiva relació amorosa amb Armand Obiols. Acabada la Segona Guerra Mundial, la parella va viure primer a París i després a Ginebra, on Obiols feia de traductor a les Nacions Unides. La dura experiència de l'exili li va fer iniciar un procés de creativitat que començà amb *Vint-i-dos contes* (1957), premi Víctor Català, i continuà amb *La plaça del Diamant* (1962), la novel·la que va consolidar-la com a escriptora. *La plaça del Diamant* és una novel·la simbòlica que tracta la pèrdua i la conquesta d'una identitat, i és, a la vegada, un dels millors testimonis de la guerra espanyola. Després va publicar *El carrer de les Camèlies* (1966), *Jardí vora el mar* (1967), *La meva Cristina i altres contes* (1967), *Mirall trencat* (1974), l'altre cim de la novel·lística de Mercè Rodoreda, *Viatges i flors* (1980) i *Quanta, quanta guerra...* (1980). Després de la seva mort van sortir dues novel·les inacabades: *La mort i la primavera* (1986) i *Isabel i Maria* (1991).

Original i sòlida, la narrativa de Pere Calders ha excel·lit en el conreu del conte. Va sentir de molt jove la vocació de la literatura i, abans de la Guerra Civil, ja col·laborava en diaris i revistes alternant una doble condició de dibuixant i escriptor. L'any 1936 es donà a conèixer com a narrador a *El primer arlequí* i *La glòria del doctor Larén*, als quals se sumà l'experiència de guerra com a cartògraf i soldat de la República, reportat a *Unitats de xoc* (1938), abans d'exiliar-se fins a l'any 1962 a França i a Mèxic. El talent narrador de Pere Calders ha destacat de manera singular en el conreu del conte, on recrea la realitat a través de la imaginació i la fantasia. Les seves històries, impregnades d'ironia, es caracteritzen per la sorpresa d'elements insòlits en el marc d'una aparent quotidianitat realista. Les seves obres més importants són *Cròniques de la veritat oculta* (1955), *Gent de l'alta vall* (1957), *Demà a les tres de la matinada* (1959) i el volum *Tots els contes* (1968), on aplegà la producció dispersa des dels seus inicis com a narrador. Després van seguir els reculls *Invasió subtil i altres contes* (1978), *Tot s'aprofita* (1983), *Un estrany al jardí* (1985) i *L'honor a la deriva* (1992), a més de les novel·les: *Aquí descansa Nevares* (1967), *L'ombra de l'atzavara* (1964), *Ronda naval sota la boira* (1966) i *Gaeli i l'home Déu* (1986).

Altres novel·listes dels primers vint anys de postguerra són els esmentats Xavier Benguerel, Lluís Ferran de Pol i Manuel de Pedrolo, als quals s'ha d'afegir el nom de Joan Sales (1912-1983), conegut sobretot per la seva feina d'editor al «Club dels Novel·listes», però també autor d'una de les novel·les més importants del segle XX, *Incerta glòria* (1965-1969), on narra la complexitat interior d'uns personatges a partir del revulsiu que els suposà la Guerra Civil Espanyola. En aquest mateix panorama, Manuel de Pedrolo es va convertir en el novel·lista més prolífic de la literatura catalana. Va orientar la seva obra narrativa amb la voluntat d'assumir els canvis estructurals i tècnics de la novel·la del segle XX, i va defugir l'encasellament d'una sola manera de narrar. Autor d'un centenar llarg de títols, la importància de Pedrolo consistí en el seu esforç per assajar les múltiples possibilitats temàtiques i tècniques de la novel·la.

En el darrer tombant de la dècada dels seixanta i primers anys dels setanta, paral·lelament amb la poesia, es van donar a conèixer els novel·listes nascuts durant la dècada dels anys trenta: és el cas de Miquel Àngel Riera (1930-1996), de Maria Àngels Anglada (1930-1999), d'Emili Teixidor (1933), de Baltasar Porcel (1937) i de Joan F. Mira (1939), previs als autors de la generació literària dels setanta que s'han consolidat, també, en una esplèndida maduresa creativa entre les darreres dècades del segle XX i els primer anys del XXI: Jesús Moncada (1941-2005), Montserrat Roig (1946-1992), Jaume Cabré (1947), Carme Riera (1948), Quim Monzó (1952) i Miquel de Palol (1952).

Selecció de poemes

Miquel Costa i Llobera

Lo pi de Formentor

Mon cor estima un arbre! Més vell que l'olivera,
més poderós que el roure, més verd que el taronger,
conserva de ses fulles l'eterna primavera,
i lluita amb les ventades que atupen la ribera,
com un gegant guerrer.

No guaita per ses fulles la flor enamorada;
no va la fontanella ses ombres a besar;
mes Déu ungí d'aroma sa testa consagrada
i li donà per trone l'esquerpa serralada,
per font la immensa mar.

Quan lluny, damunt les ones, renaix la llum divina,
no canta per ses branques l'aucell que encativam;
el crit sublim escolta de l'àguila marina,
o del voltor qui passa sent l'ala gegantina
remoure son fullam.

Del llim d'aquesta terra sa vida no sustenta;
revincla per les roques sa poderosa rel,
té pluges i rosades i vents i llum ardenta,
i, com un vell profeta, rep vida i s'alimenta
de les amors del cel.

Arbre sublim! Del geni n'és ell la viva imatge:
domina les muntanyes i aguaita l'infinit;
per ell la terra és dura, mes besa son ramatge
el cel qui l'enamora, i té el llamp i l'oratge
per glòria i per delit.

Oh! sí: que quan a lloure[1] bramulen les ventades
i sembla entre l'escuma que tombi el seu penyal,
llavors ell riu i canta més fort que les onades,
i vencedor espolsa damunt les nuvolades
sa cabellera real.

Arbre, mon cor t'enveja. Sobre la terra impura,
com a penyora[2] santa duré jo el teu record.
Lluitar constant i vèncer, reinar sobre l'altura
i alimentar-se i viure del cel i de llum pura...
Oh vida! Oh noble sort!

Amunt, ànima forta! Traspassa la boirada
i arrela dins l'altura com l'arbre dels penyals.
Veuràs caure a tes plantes la mar del món irada,
i tes cançons tranquil·les 'niran per la ventada
com au dels temporals.

1. *a lloure*, en llibertat, lliurement.

2. *penyora*, cosa que hom posa en mans d'algú com a garantia de compliment d'un deute o obligació.

Glossa

Miquel Costa i Llobera (Pollença, 1854 - Palma de Mallorca, 1922) s'inspirà per escriure aquest poema en les visions feréstegues de pins arrelats en els penya-segats de la península de Formentor, a la costa nord-est de l'illa de Mallorca, en una extensa propietat familiar. Freqüentà aquells paisatges de molt jove, que li serviren d'inspiració per a bona part de la seva obra. El poema passà per dues versions conegudes el 1875 i va ser recollit en volum a *Poesies* (1885).

A la primera estrofa declara el seu amor i admiració per un arbre tan singular. A la segona i la tercera canta les virtuts que li atribueix en relació amb tot allò que és terrenal mentre que, a la quarta estrofa, apunta que tanta perfecció i fortalesa no poden ser humanes sinó que provenen «de les amors del cel», és a dir, de la Divinitat. A l'estrofa cinquena, va una mica més enllà quan l'equipara amb el geni creador que tot ho domina, cosa que queda magníficament explicitada en l'estrofa sisena amb versos com: «i vencedor espolsa damunt les nuvolades / sa cabellera real».

A partir de les estrofes setena i vuitena, «El pi de Formentor» es converteix, alhora, en un confident i un exemple perfecte a seguir per part del poeta: l'estima, l'enveja, l'admira fins al punt que exulta la seva ànima a imitar-lo en el camí d'assolir la puresa i la plenitud vital i creadora. Hi ha al llarg del poema una mena de compenetració progressiva que converteix la figura i presència de l'arbre en símbol i ideal cap a la perfecció. S'hi dibuixa magistralment una mena d'ascensió des del pla terrenal més obvi cap als estatges celestials més purs, com s'hi féssim amb la lectura, acompanyant l'arbre i el poeta, un camí ascendent cap a la descoberta de l'essencial i la perfecció, en definitiva, la bellesa que emociona i trasbalsa.

Forma

El poema consta de vuit estrofes de quatre versos alexandrins i un cinquè hexasíl·lab. Amb una rima que segueix l'esquema: 12A /12B /12A /12A /6b.

Retòricament, destacaríem la figura de la personificació o prosopopeia a què sotmet el pi, a banda, és clar, de l'ús hiperbòlic del llenguatge i de les imatges.

Pràctica lectora

Localitza els versos que denotin un tractament més hiperbòlic de les imatges i els temes.

Localitza expressions que ratifiquen que el pi és sotmès a un procés de personificació.

Pràctica d'audició

Pots escoltar i valorar el poema de Costa i Llobera musicat per Maria del Mar Bonet en dos enregistraments prou diferents que denoten certs canvis de gust i d'interpretació. El primer és del disc *Jardí tancat* (1981), i el segon correspon a la interpretació que en va fer acompanyada per la Coral Universitària de les Illes Balears en *El cor del temps* (1997), Picap CD 920010-04.

Joan Maragall

La vaca cega

Topant de cap en una i altra soca,
avançant d'esma pel camí de l'aigua,
se'n ve la vaca tota sola. És cega.
D'un cop de roc llançat amb massa traça,
el vailet va buidar-li un ull, i en l'altre
se hi ha posat un tel: la vaca és cega.
Ve a abeurar-se a la font com ans solia,
mes no amb el ferm posat d'altres vegades
ni amb ses companyes, no: ve tota sola.
Ses companyes, pels cingles, per les comes,
pel silenci dels prats i en la ribera,
fan dringar l'esquellot, mentre pasturen
l'herba fresca a l'atzar... Ella cauria.
Topa de morro en l'esmolada pica
i recula afrontada... Però torna,
i abaixa el cap a l'aigua, i beu calmosa.
Beu poc, sens gaire set. Després aixeca
al cel, enorme, l'embanyada testa
amb un gran gesto tràgic; parpelleja
damunt les mortes nines, i se'n torna
orfe de llum sota del sol que crema,
vacil·lant pels camins inoblidables,
brandant llànguidament la llarga cua.

Glossa

«La vaca cega» és un dels poemes més difosos de Joan Maragall (Barcelona, 1860-1911). Sembla molt probable que fos escrit l'estiu del 1893 a la font del Cubilà, entre Camprodon i Sant Joan de les Abadesses (Ripollès), on el poeta estiuejava amb la família. Se n'han fet moltes i diverses interpretacions: des de la religiosa a la filosoficomoral, passant per la política. Totes, però estan d'acord en l'esperit col·lectiu que vol expressar. A banda de la contemplació d'una vaca cega a la font del Cubilà el poema és deutor pel tema i l'esperit de «Il bove», de Giosué Carducci (Val di Castelo, 1835 - Bolonya, 1907). Tenen en comú no només la utilització simbòlica d'un animal de la mateixa família, sinó també la funció dramàtica del vers. La vaca cega pot ser el símbol justificatiu d'un món digne de ser amat, de ser contemplat més enllà de l'aparença, per veure dintre de les coses l'essencial que les mou.

De fet, bona part dels versos estan dedicats a descriure les causes que han dut a la vaca a ser cega, i com no pot fer el que fan les seves companyes. És, doncs, una marginada pel destí tràgic, l'envolta la solitud, però, malgrat tot, assumint la desgràcia i la foscor a què està condemnada, refarà els camins inoblidables, pausadament i resignada.

Forma

Configuren el poema un seguit de vint-i-tres versos decasíl·labs sense rima regular.

Pràctica lectora

En quins versos creus que Maragall posa més dramatisme a l'hora de narrar la història de la vaca cega?

Pràctica d'audició

Pots escoltar cantat o recitat aquest poema per:

Xavier Ribalta a *Xavier Ribalta canta a Joan Maragall* (1985), Organ Jaus / Dial Discos, 54.9343 o a la reedició de 1994 a PDI, 80.3419.

Celdoni Fonoll, *Traginer de cançons* (1982), Belter.

Lluís Soler, *Joan Maragall* (2001), ZPS-007.

Joan Maragall

Oda a Espanya

Escolta, Espanya, – la veu d'un fill
que et parla en llengua – no castellana:
parlo en la llengua – que m'ha donat
la terra aspra;
en 'questa llengua – pocs t'han parlat;
en l'altra, massa.

T'han parlat massa – dels saguntins
i dels qui per la pàtria moren;
les teves glòries – i els teus records,
records i glòries – només de morts:
has viscut trista.

Jo vull parlar-te – molt altrament.
Per què vessar la sang inútil?
Dins de les venes – vida és la sang,
vida pels d'ara – i pels que vindran;
vessada, és morta.

Massa pensaves – en ton honor
i massa poc en el teu viure:
tràgica duies – a mort els fills,
te satisfeies – d'honres mortals
i eren tes festes – els funerals,
oh trista Espanya!

Jo he vist els barcos – marxar replens
dels fills que duies – a que morissin:
somrients marxaven – cap a l'atzar;
i tu cantaves – vora del mar
com una folla.

On són els barcos? – On són els fills?
Pregunta-ho al Ponent i a l'ona brava:
tot ho perderes, – no tens ningú.
Espanya, Espanya, – retorna en tu,
arrenca el plor de mare!

Salva't, oh!, salva't – de tant de mal;
que el plor et torni feconda, alegre i viva;
pensa en la vida que tens entorn:
aixeca el front,
somriu als set colors que hi ha en els núvols.

On ets, Espanya? – No et veig enlloc.
No sents la meva veu atronadora?
No entens aquesta llengua – que et parla entre perills?
Has desaprès d'entendre an els teus fills?
Adéu, Espanya!

Glossa

Aquest poema és fruit del posicionament de Joan Maragall davant la crisi colonial que portà l'Estat Espanyol a la guerra amb els EUA l'estiu de 1898. El poema, escrit el 6 de juliol de 1898, va ser publicat a la revista *Catalònia* i conjuntament amb «Els adéus» i «Cant del retorn» formà part de la secció «Els tres cants de la guerra» apareguts dins *Visions & Cants* (1900). Conté dos temes destacats: la solidaritat amb tots aquells que tenen fills a la guerra i el sentiment diferenciador que el poeta vehicula amb referències a la llengua, que en cap cas surt citada directament. Tot plegat fa que prengui posicions clares i valentes, tan equidistant d'un espanyolisme en català com d'un sentiment separatista.

Forma

El poema s'estructura en vuit estrofes de sis versos de metre divers: quatre decasíl·labs (els tres primers i el cinquè) i dos tetrasíl·labs (el quart i el sisè) sense una rima regular i només alguns versos de manera lliure coincideixen amb la mateixa rima.

Pràctica lectora

El poema es presenta com un diàleg amb Espanya que, de fet és només un monòleg del poeta que se serveix d'interrogacions retòriques, sabries localitzar-ne algun exemple?

Pràctica d'audició

Pots escoltar cantat aquest poema per Xavier Ribalta a *Xavier Ribalta canta a Joan Maragall* (1985), Organ Jaus / Dial Discos, 54.9343.

Joan Alcover

La balanguera

La balanguera misteriosa,
com una aranya d'art subtil,
buida que buida sa filosa,[1]
de nostra vida treu el fil.
Com una parca[2] bé cavil·la,
teixint la tela per demà.

La balanguera fila, fila,
la balanguera filarà.

Girant la ullada cap enrere
guaita les ombres de l'avior,
i de la nova primavera
sap on s'amaga la llavor.
Sap que la soca més s'enfila
com més endins pot arrelar.

La balanguera fila, fila,
la balanguera filarà.

Quan la parella ve de noces,
ja veu i compta ses minyons;

1. *filosa*, estri per a filar a mà consistent en un bastó acabat per un extrem amb un cap o un eixamplament on hom enrotllava la floca per a filar.

2. *parca*, la mort personificada.

veu com davallen a les fosses
els que ara viuen il·lusions,
els que a la plaça de la vila
surten a riure i a cantar.

La balanguera fila, fila,
la balanguera filarà.

Bellugant l'aspi[3] el fil cabdella,
i de la pàtria la visió
fa bategar son cor de vella
sota la sarja del gipó.
Dins la profunda nit tranquil·la,
destria l'auba que vindrà.

La balanguera fila, fila,
la balanguera filarà.

De tradicions i d'esperances
tix la senyera del jovent,
com qui fa un vel de nuviances
amb cabelleres d'or i argent
de la infantesa qui s'enfila,
de la vellura qui se'n va.

La balanguera fila, fila,
la balanguera filarà.

3. *aspi*, instrument de diverses formes que serveix per a debanar i fer troques de fil.

Glossa

«La balanguera», de Joan Alcover (Palma de Mallorca, 1854-1926), va ser llegida per primera vegada en públic pel mateix poeta en el transcurs d'un acte d'homenatge a Miquel Costa i Llobera, arran d'haver guanyat el mestratge en Gai Saber als Jocs Florals del 1902, celebrat al Gran Hotel de Palma de Mallorca, el 1903. Editada en llibre a *Cap al tard* (1909), obre la secció de «Cançons de la serra» que inclou alguns dels poemes més notables d'aquest poeta. Partint d'un fragment de cançó popular que diu «La balanguera fila, fila / la balanguera filarà», que clourà cada estrofa, Alcover desenvolupa un cant al pas del temps i a la fugacitat de la vida. El nom de balanguera correspon a una mena de fada vella que pot teixir i desteixir els atzars de la vida; segurament, el nom prové d'una dansa, la bolanguera, amb el radical modificat per analogia del nom propi Berenguera.

El poema, estructurat en cinc estrofes, és un cant a la vida i l'esperança sense perdre de vista les històries passades i posant les esperances en el futur («tix la senyera del jovent») tenint present, però, que el temps passa inexorablement. De fet, la balanguera, amb la filosa i «com una aranya d'art sutil», però també com una parca (figura de la mort), teixeix la vida dels humans. L'esperança en el demà és expressada en versos d'una gran bellesa i simbolisme com «sap que la soca més s'enfila / com més endins pot arrelar». Paral·lelament, però, hi ha la crua realitat de la mort («veu com davallen a les fosses / els que ara viuen d'il·lusions»). Ara bé, la balanguera, com una mare de la pàtria, s'emociona i s'entendreix de comprovar que, malgrat tot, la llavor de qui som fructificarà («i de la pàtria la visió / fa bategar son cor de vella / sota la sarja del gipó»). La darrera estrofa és una síntesi molt ben trobada de les dues idees: el jovent és el futur i per això els «tix la senyera» com si fos un vel de noces, d'unió entre pàtria i gent, que farà possible la continuïtat de la llengua, les tradicions i, en definitiva, del país.

D'ençà l'any 1996, el Consell Insular de Mallorca l'ha declarat himne de l'illa de Mallorca.

Forma

El poema, el componen cinc estrofes de sis versos octosíl·labs amb una tornada de dos versos també de vuit síl·labes, amb una rima 8A/8B/8A/8B/8C/8C//8C/8C

Pràctica lectora

Cerca els dos versos que exemplifiquen millor el tòpic clàssic de *tempus fugit*, el temps que s'escola, passa, se'n va.

Pràctica d'audició

Maria del Mar Bonet a *Jardí tancat* (1981) també va enregistrar una interpretació de «La balanguera» amb música del mestre Amadeu Vives (Collbató, 1871 - Madrid, 1932) que trobaràs a *Raixa* (2001), World MuXXic, m-46169.

També el pots sentir interpretat per Celdoni Fonoll a *Traginer de cançons* (1982), Belter.

Josep Carner

Cançoneta incerta

Aquest camí tan fi, tan fi,
qui sap on mena!
És a la vila o és al pi
de la carena?
Un lliri blau, color de cel,
diu: –Vine, vine!–
Però: –No passis!– diu un vel
de teranyina.

Serà drecera del gosat,
rossola ingrata,
o bé un camí d'enamorat,
colgat de mata?
És un recer per adormir
qui passi pena?
Aquest camí tan fi, tan fi,
qui sap on mena?

Qui sap si trist o somrient
acull a l'hoste?
qui sap si mor sobtadament
sota la brosta?
Qui sabrà mai aquest camí
a què em convida!
I és camí incert cada matí,
n'és cada vida!

Glossa

La cançó va ser un gènere poètic menor fins que als anys vint del segle passat va ser revitalitzada per diversos poetes cultes (Josep Carner, Tomàs Garcés, Joaquim Folguera, Clementina Arderiu i Joan Salvat-Papasseit). En van escriure moltes, d'una delicada bellesa i musicalitat, fins al punt que alguns músics destacats de la mateixa generació, Eduard Toldrà (Vilanova i la Geltrú, 1895 - Barcelona, 1962) i Manuel Blancafort (La Garriga, 1897 - Barcelona, 1987), amb la col·laboració de la soprano Conxita Badia (Barcelona, 1897-1975), potenciant el conreu del *lied*, van musicar bona part d'aquesta producció.

«Cançoneta incerta» de Josep Carner (Barcelona, 1884 - Brussel-les, 1970) és un bon exemple de la perfecció aconseguida en el conreu d'aquest tipus de cançó culta i literària. Va ser inclosa a *Sons de lira i flabiol* (1927) un recull antològic que duia com epígraf «Els poetes i els músics», i inclòs, definitivament en la revisió de *l'Obra completa*, el 1968, a la secció «Llocs».

El poema és una metàfora a tres bandes: la cançoneta, el camí i la vida, explicitada en els versos finals. La vida és un camí incert i mai podem saber què ens espera a cada revolt. El camí, personificat, exemplifica el que pot ser la vida: marca el destí a la vila, a conviure amb la gent, o al pi de la carena, company de solituds; pot ser drecera o recer; pot ser motiu de penes o alegries («trist o somrient») o es pot acabar bruscament i inesperada com la vida.

Forma

Són tres estrofes de vuit versos, com si fossin cobles, que combinen versos aparellats de set i quatre síl·labes, amb l'esquema de rima 7a/4b/7a/4b/7c/4b/7c/4b.

Pràctica lectora

Posa en relació el títol amb alguns dels versos que denoten incertesa.

Pràctica d'audició

Pots escoltar aquest poema musicat pel mestre Eduard Toldrà i interpretat pel Quartet Glinka, format per la mezzo-soprano Anna Ricci, Àngel Soler (piano), Eduard Toldrà (violí) i Enriqueta Garreta (piano) a *Eduard Toldrà. Música i poesia* (2001), Edicions Albert Moraleda, Ref. 741.

També l'ha musicat, de nou, Guillermina Motta a *Canticel* (1976), Edigsa CM 299.

Josep Carner

Bèlgica

Si fossin el meu fat les terres estrangeres,
m'agradaria fer-me vell en un país
on es filtrés la llum, grisa i groga, en somrís,
i hi hagués prades amb ulls d'aigua i amb voreres
guarnides d'arços, d'oms i de pereres;
viure quiet, no mai assenyalat,
en una nació de bones gents plegades,
com cor vora de cor ciutat vora ciutat,
i carrers i fanals avançant per les prades.
I cel i núvol, manyacs o cruels,
restarien captius en canals d'aigua trèmula,
tota desig d'emmirallar els estels.

M'agradaria fer-me vell dins una
ciutat amb uns soldats no gaire de debò,
on tothom s'entendrís de música i pintures
o del bell arbre japonès quan treu la flor,
on l'infant i l'obrer no fessin mai tristesa,
on veiéssiu uns dintres de casa aquilotats[1]
de pipes, de parlades i d'hospitalitats,
amb flors ardents, magnífica sorpresa,
fins en els dies més gebrats.
I tot sovint, vora un portal d'església,

1. *aquilotar*, fer prendre (a una pipa o broquet) un color torrat a força de fumar-hi, en general, impregnar de fum de tabac.

hi hauria, acolorit, un mercat de renom,
amb botí de la mar, amb presents de la terra,
amb molt de tot per a tothom.

Una ciutat on vagaria[2]
de veure, per amor de la malenconia
o per desig de novetat dringant,
cases antigues amb un parc on nien ombres
i moltes cases noves amb jardinets davant.
Hom trobaria savis de moltes de maneres;
i cent paraigües eminents
farien –ai, badats– oficials rengleres
en la inauguració dels monuments.
I tot de sobte, al caire de llargues avingudes,
hi hauria les fagedes, les clapes dels estanys
per a l'amor, la joia, la solitud i els planys.

De molt, desert, de molt, dejú,
viuria enmig dels altres, un poc en cadascú.
Però ningú
no se'n podria témer en fent sa via.
Hom, per atzar, un vell jardí coneixeria,
ben a recer, de brollador ben clar,
amb peixos d'or que hi fan més alegria.
De mi dirien nens amb molles a la mà:
–És el senyor de cada dia.

2. *vagar*, tenir temps algú de fer alguna cosa.

Glossa

En aquest cas, el títol contextualitza el contingut del poema. El que s'hi desgrana podria passar en qualsevol altre lloc dels visitats pel poeta, però hi explicita que es vol referir a Bèlgica, país on va viure Josep Carner bona part del seu exili i on va morir, després de passar uns anys a Mèxic, acabada la Guerra Civil Espanyola de 1936-1939. Bèlgica, per Carner el model de país ideal que els noucentistes havien imaginat per a Catalunya, on cultura, civilitat, harmonia, equilibri, respecte, fossin valors substancials de la comunitat. De fet, el poeta, hi sintetitza, doncs, l'ideal dels noucentistes no assolit, amb bones i fines dosis d'ironia. Lluny de la pàtria idealitzada imagina uns paisatges i uns personatges que, a Bèlgica, complirien de ple, el desig de vida del poeta a la seva terra.

Carner inicia el poema amb un si condicional i hi va desgranant a partir de verbs com «m'agradaria» els seus desigs de felicitat i equilibri amb els elements de la natura i els seus consemblants. En la primera estrofa, el paisatge ens és presentat domesticat al servei de l'harmonia humana. De fet, hi explicita irònicament l'objectiu noucentista de civilitzar la ruralia, exaltada en el seu estat més pur pel Modernisme.

La segona estrofa és encapçalada per l'expressió i el desig del «m'agradaria» i s'hi estableix amb ironia el súmmum de l'harmonia mai assolida a Catalunya, començant per uns «soldats no gaire de debò», seguint pel domesticat i recreat «arbre japonès», referint-se al bonsai, i bo i acabant amb l'evocació dels infants i els obrers, els components més desemparats socialment, que no despertarien mai tristesa. Tot el que envoltaria aquests elements actius: casa, objectes (pipes), flors respirarien un aire familiar i cohesionat, arribant a les «parlades» i les «hospitalitats», hàbits bàsics de tota comunitat humana harmònica i equilibrada.

A la tercera estrofa, hi trobem ja dissenyada fil per randa la ciutat ideal noucentista, un espai urbà amb cases i monuments responent tot a un ordre que proporcionaria espais vitals per a les relacions humanes, sintetitzades als dos darrers versos de l'estrofa: «hi hauria les fagedes, les clapes dels estanys / per a l'amor, la joia, la solitud i els planys».

L'estrofa final es tanca amb un vers que vol expressar, encara, amb la ironia manifesta en tot el poema, la presència de la rutina plàcida, en què estan controlats tots els imprevistos per a bé dels seus habitants. El poeta mateix reconeix que fent cadascú la seva vida, ell «viuria enmig dels altres, un poc en cadascú»: la compenetració i l'harmonia hi serien totals.

Forma

«Bèlgica» consta de quatre estrofes de 12, 13, 14 i 7 versos majoritàriament alexandrins però també amb decasíl·labs, versos apropiats pel to narratiu que pren el poema. L'esquema de rima és el següent: 12A/12B/12B/12A/10A/10C/12B/12C/12B/10D/12E/10D.

Pràctica lectora

Quins et semblen que són els versos on el poeta manifesta un cant per la pau i la solidaritat entre els homes?

Maria Antònia Salvà

L'encís que fuig

Boira que el cim vas fregant volandera,[1]
flaire qui passes amb l'ala del vent,
signe de neu que entre molsa i falguera
dius ta cançó per rocosa pendent,

rous matinals i poncelles descloses,
com jo fruesc vostre encís fugitiu!
Dins el misteri que esfulla les roses
veig la Bellesa qui passa i somriu.

Amb quin plaer d'exquisida recança
jo l'he sentida quan passa pel món,
que en sa escomesa ja duu l'enyorança,
de tan seguit com s'allunya i se fon!

Tota ma vida tremola agraïda
quan un moment l'he sentida vibrar.
Mes ella passa, i què en resta a la vida
sinó el neguit de sentir-la passar?

Oh aquell desfici que mai s'agombola![2]
Oh aquella amor consirosa i plaent,
de tot quant fuig, o qui passa, o qui vola,
boira del cim o fontana d'argent!

1. *volandera*, que es mou d'ací d'allà per l'aire emportat pel vent.
2. *agombolar*-se, acomodar-se.

Glossa

«L'encís que fuig» de Maria Antònia Salvà (Ciutat de Mallorca, 1869 - Llucmajor, 1958) forma part del llibre *Espigues en flor* (1926), prologat per Josep Carner, amb qui Salvà va mantenir una estreta amistat i admiració mútua. És un cant a la Bellesa i a la seva fugacitat. Una Bellesa observada en el viure de la natura: la boira, l'aigua de neu, els rous matinals, les poncelles descloses fan possible que la Bellesa passi i somrigui, però la poetessa de seguida constata que l'instant per a fruir-la és fugaç perquè de seguida s'allunya i es fon. Només resta en la vida de la persona que l'ha copsada el neguit i el desfici de sentir-la passar. L'última estrofa és un apòstrofe que es clou amb una referència a la boira del cim o a la fontana d'argent, els dos elements que obren el poema i que generen moments de Bellesa.

Forma

Poema estructurat en cinc estrofes de quatre versos decasíl·labs amb l'esquema de rima següent: 10A/10B/10A/10B.

Pràctica lectora

Localitza en els versos d'aquest poema un exemple de hiat, sinalefa i elisió.

Josep Maria Junoy

Oda a Guynemer

CIEL

DE

FRANCE

DINS DE L'AVIÓ MORTALMENT FERIT PER L'ESPAI HI BRUNZEIX ENCARA EL LLUENT COR DEL MOTOR MES L'ÀNIMA DEL PÀL·LID ADOLESCENT HEROI VOLA JA VERS LES CONSTEL·LACIONS

Glossa

Aquest poema de Josep Maria Junoy (Barcelona, 1887-1955) va ser publicat a *Poemes i Cal·ligrames* (1920), que anava encapçalat d'una carta-prefaci d'homenatge a Guillaume Apollinaire (Roma, 1880 - París, 1918), un dels màxims representants de l'avantguarda francesa, especialment lligat a les tendències cubistes i futuristes. Una oda és un cant d'elogi o elegíac per algú, en aquest cas un jove aviador francès, Guynemer, que va ser abatut amb el seu avió en una acció en el marc de la Primera Guerra Mundial (1914-1918). Amb l'ús de diferents tipus de lletres disposades amb la voluntat d'explicar un acte heroic, canta i elogia, doncs, l'heroisme de Guynemer que amb l'ajut de la màquina, que és, de fet qui és mortalment ferida, però a qui el cor encara li brunzeix i que acompanya l'heroi adolescent cap a la glòria de l'eternitat, al món de les constel·lacions. Aquestes li donaran una altra llum més perenne i més gran al seu acte de valor incontestable. En definitiva, la immortalitat.

Forma

El cal·ligrama que representa amb lletres d'anunci de neó d'un *music-hall* de París, el cel de França, se centra amb una línia de versos un darrere l'altre que representa l'estela d'un possible avió que d'un punt més proper es perd en una altre punt de l'infinit, a causa d'haver estat abatut pel foc enemic.

Pràctica lectora

Disposa els versos que representa l'estela de l'avió de manera tradicional, comprova si hi ha algun tipus de rima i quin nombre de versos en poden resultar.

Joan Salvat-Papasseit

NOTRE DAME DE LA GAR DE
PRIEZ POUR NOUS

MARSEILLE PORT D'AMOUR

marineret qui no vigila – corsari ve i li pren l'aimia–

si no li duia cap cançó– corsari ve i li pren l'amor

RESA UNA NOIA EN MON BATELL:

«oh viens tout pres de moi
puis pose avec émoi
tes levres sur ma bouche
–dans un baiser farouche
je serais toute a toi»

SOTA LES VELES LA CAPTINDRÉ

Com sé que es besa
la besaré

Glossa

Amb l'epígraf de «El cal·ligrama, 2» aquest poema forma part de *El poema de la rosa als llavis* (1923), un dels llibres més celebrats de Joan Salvat-Papasseit i, en paraules de Joaquim Molas, «l'expressió més pura de la poètica salvatiana». De fet, és, com diu el títol, un sol poema dedicat a cantar un amor molt intens, una història molt realista perquè elimina tota mena de component moral o intel·lectual i se centra en l'exercici lliure i espontani de la carn. Pot ser que sigui la suma de diferents enamoraments, però sembla que hi pesà especialment l'experiència amorosa viscuda amb una tal Margot al sanatori de les Escaldes, a Andorra, que li va donar una nova dimensió de l'amor.

La majoria d'estudiosos estan d'acord a qualificar *El poema de la rosa als llavis* com un dels llibres més originals i innovadors de tots els que han cantat arreu l'amor en el segle XX. De fet, Salvat, a banda de rebre la influència de les cançons d'amor trobadoresc, s'immergí en les descobertes que li proporcionaven les noves propostes avantguardistes: el vers trencat, les paraules en llibertat i, especialment, els cal·ligrames.

El cal·ligrama, que alterna el català i el francès, llengua de gran prestigi artístic en aquells anys, pren la forma d'un vaixell veler, fragmentat en quatre parts: el casc que ens situa geogràficament en el lloc de l'acció, el port de Marsella; un primer pal amb bandera que explica que una noia prega al mariner-poeta que la prengui amorosament; un segon pal, amb el vers que serveix per subtitular el poema i que explicita l'acció de la possessió amorosa tal com la pensa el mariner; i les veles que remarquen que en tot joc amorós hi ha el perill de presència de corsaris que poden prendre i endur-se'n l'enamorada.

En el poema hi ha dos elements a tenir en compte: el color blau triat per a representar el cal·ligrama, que es correspon amb el blau del mar, lligat a l'aventura, i el blau del cel amb ressonàncies a la fe. De fet, el poema és una hàbil combinació d'elements profans i sagrats, que transmeten la idea que el ritual amorós té components sagrats que el lliguen a la fe. Una remissió a la fe i a la creença religiosa recolzada en trets com ara l'ús de la paraula pregar (*priez*) i «resa», en el sentit de murmurar pietosament.

Forma

Els cal·ligrames, ja utilitzats en el món clàssic i barroc, són recuperats i innovats pels cubistes, que volien transmetre el missatge poètic no solament amb les paraules sinó també amb grafismes de joc de paraules i signes i diferents formats de les lletres.

En el poema de Salvat, veiem que tot el que és immaterial (fusta del casc i pals) apareix en lletres majúscules, mentre que el que es diu el mariner a si mateix i el que murmura la noia es representa amb lletres minúscules. Tot plegat queda fixat sobre dues barres blaves, l'una sencera i l'altra, segmentada, que fan com de base de tota la representació de la història amorosa.

Pràctica lectora

Amb l'ajuda del diccionari o dels companys que estudien francès prova de versionar les parts del cal·ligrama escrites en aquesta llengua.

Joan Salvat-Papasseit

Tot l'enyor de demà

A Marià Manent

Ara que estic al llit
malalt,
estic força content.
–Demà m'aixecaré potser,
i heus aquí el que m'espera:

Unes places lluentes de claror,
i unes tanques amb flors
sota el sol,
sota la lluna al vespre;
i la noia que porta la llet
que té un capet lleuger
i duu un davantalet
amb unes vores fetes de puntes de coixí,
i una rialla fresca.

I encara aquell vailet que cridarà el diari,
i qui puja als tramvies
i els baixa
tot corrent.
I el carter
que si passa i no em deixa cap lletra m'angoixa
perquè no sé el secret
de les altres que porta.

I també l'aeroplà
que em fa aixecar el cap
el mateix que em cridés una veu d'un terrat.

I les dones del barri
matineres
qui travessen de pressa en direcció al mercat
amb sengles cistells grocs,
i retornen
que sobreïxen les cols,
i a vegades la carn,
i d'un altre cireres vermelles.

I després l'adroguer,
que treu la torradora del cafè
i comença a rodar la maneta,
i qui crida les noies
i els hi diu: –Ja ho té tot?
I les noies somriuen
amb un somriure clar,
que és el baume que surt de l'esfera que ell volta.

I tota la quitxalla del veïnat
qui mourà tanta fressa perquè serà dijous
i no anirà a l'escola.

I els cavalls assenyats
i els carreters dormits
sota la vela en punxa
que dansa en el seguit de les roderes.

I el vi que de tants dies no he begut.

I el pa,
posat a taula.
I l'escudella rossa,
fumejant.

I vosaltres amics,
perquè em vindreu a veure
i ens mirarem feliços.

Tot això bé m'espera
si m'aixeco
demà.
Si no em puc aixecar
mai més,
heus aquí el que m'espera:

–Vosaltres restareu,
per veure el bo que és tot:
i la Vida
i la Mort.

Glossa

Joan Salvat-Papasseit (Barcelona, 1894-1924) va publicar el 1921 *L'irradiador del port i les gavines*, subtitulat com a «Poemes d'Avantguarda» que conté «Tot l'enyor de demà», entre dos textos teòrics, «Concepte de poeta» i «Contra els poetes en minúscula» amb els quals provava de trobar una poètica personal, després de l'agressivitat programàtica, basada en idees que li venien del Modernisme i les provatures cubistes, dels cal·ligrames de *Poemes en ondes hertzianes* (1919). De fet, aquesta nova manera d'expressar-se, la defineix amb els poemes de *L'irradiador del port i les gavines*, en què, en un marc mariner i partint de les tesis futuristes de la lluita i l'aventura, vol fondre dos mons, l'imaginat com a alternativa d'alliberament artístic i personal i el més íntim marcat per la malaltia que el corsecava lentament i que el durà a la mort tres anys després. De fet, «Tot l'enyor de demà» és, possiblement, el poema més significatiu, en què va desgranant tot de realitats viscudes i sentides, mínimes i insignificants, però plenes de batecs de vida. És a dir, tot allò que podrà retrobar si aconsegueix llevar-se del llit i llançar-se, de nou, a la vida en plenitud. És clar, que irremeiablement, ell malalt i tots els altres sans, a la curta i la llarga ens haurem d'enfrontar a la Mort, en majúscula, que és possible gràcies al fet que hi ha Vida, també en majúscula.

Forma

El poema es caracteritza per l'ús del versos trencats, disposats de manera que, sense signes de puntuació com la coma i el punt, conviden a trencar la lectura dels versos i remarquen en el discurs alguna idea o imatge grata al poeta. Hi podem trobar alguns versos de 10 i 12 síl·labes ben explícits, però també reunificant-ne alguns dels trencats ens trobarem que són perfectes decasíl·labs i alexandrins.

Pràctica lectora

Localitza algun cas de versos decasíl·labs i alexandrins trencats.

¿Quins elements futuristes lligats amb la velocitat i la modernitat tècnica apareixen en el poema contraposats a situacions quotidianes que per a nosaltres resulten inusuals (com quan a les escoles feien festa els dijous a la tarda)?

Inventaria alguns mots que et resultin poc actuals i d'algun com *baume* que no és al diccionari normatiu i que, de fet, s'inventava el poeta, dedueix de quina paraula el deriva i què significa pel context en què és utilitzat.

Quins versos funcionen com a conclusió de tot el discurs?

Pràctica d'audició

Pots escoltar la musicació que n'han fet dos cantautors:

Xavier Ribalta, *Arquer d'amor* (2000), Discoplay Actual 0236XR8338.

Ovidi Montllor, *Salvat-Papasseit per Ovidi Montllor*, dins *Ovidi Montllor* (2000), Dahiz Produccions, Ajuntaments d'Alcoi i Barcelona.

Josep M. de Sagarra

Vinyes verdes vora el mar

Vinyes verdes vora el mar,
ara que el vent no remuga,[1]
us feu més verdes i encar
teniu la fulla poruga,
vinyes verdes vora el mar.

Vinyes verdes del coster,
sou més fines que la userda.
Verd vora el blau mariner
vinyes amb fruita verda,
vinyes verdes del coster.

Vinyes verdes, dolç repòs,
vora la vela que passa;
cap al mar vincleu el cos
sense decantar-vos massa,
vinyes verdes, dolç repòs.

Vinyes verdes, soledat
del verd en l'hora calenta.
Raïm i cep retallat
damunt la terra lluenta;
vinyes verdes, soledat.

1. *remugar*, aplicat metafòricament al vent, es refereix al mastegar dels remugants per segona vegada els aliments.

Vinyes que dieu adéu
al llagut i a la gavina,
i al fi serrellet de neu
que ara neix i que ara fina...
Vinyes que dieu adéu!

Vinyes verdes del meu cor...
Dins del cep s'adorm la tarda,
raïm negre, pàmpol d'or,
aigua, penyal i basarda.
Vinyes verdes del meu cor...

Vinyes verdes vora el mar,
verdes a punta de dia,
verd suau de cap al tard...
Feu-nos sempre companyia,
vinyes verdes vora el mar!

Glossa

El Port de la Selva i els seus voltants marítims i terrestres van fornir un dels paisatges centrals no solament de bona part de la poesia de Josep Maria de Sagarra (Barcelona, 1894-1961) sinó també d'alguna peça teatral (*El cafè de la Marina*, 1934). «Vinyes verdes vora el mar» és el poema número VI dels vint-i-tres que componen *Cançons de rem i de vela* (1923). És el poema més popular del recull i aquell en què el color verd amb totes les gradacions d'intensitat en els diferents temps del dia i les estacions de l'any triomfa en la pintura del paisatge vora el blau mariner. A més a més, les vinyes prenen vida, es personifiquen i, de manera progressiva, el paisatge descrit passa a formar part de l'esperit i els sentiments del poeta («feu-nos sempre companyia»).

Forma

El poema és format per set cobles de cinc versos heptasíl·labs, característics del gènere popular de la cançó, amb una rima que segueix l'esquema 7a/7b/7a/7b/7a.

Pràctica lectora

El poema conté una de les metàfores més belles de la nostra poesia sobre l'arribada de l'aigua a la platja. Localitza els versos en què es troba.

Digues quins versos contenen la figura retòrica de l'anàfora.

Pràctica d'audició

Aquest és un dels poemes més musicats i divulgats per diferents músics i cantautors. Als anys vint del segle passat «Vinyes verdes vora el mar» va ser musicat per Eduard Toldrà. En pots escoltar una interpretació del Quartet Glinka amb la mezzo-soprano Anna Ricci a: *Eduard Toldrà. Música i poesia*, Miralla IV 2001.

Lluís Llach va musicar el mateix poema i el publicà en l'àlbum

Campanades a mort (1977), una de les fites de venda del cantautor. El podeu escoltar enregistrat de nou a *Poetes* (2004), BMG/Ariola, CD 82876614072.

El 1997, Toti Soler i Ester Formosa van enregistrar *M'aclame a tu* (1997), Pequeñas Cosas, Barcelona. Conté la versió que Montllor havia interpretat a *Ovidi Montllor diu Sagarra*, dins *Ovidi Montllor* (2000), Dahiz Produccions, Ajuntaments d'Alcoi i Barcelona.

I, encara, recentment, el 2002, Ignasi Roda l'ha musicat de nou a *Música per a poetes*, vol. II, Fonoruz, CDF-1128.

Josep M. de Sagarra

Aigua-marina

Voldria, ni molt ni poc:
ésser lliure com una ala,
i no mudar-me del lloc
platejat d'aquesta cala;
i encendre el foc
del pensament que vibra,
i llegir només un llibre
antic,
sense dubte, ni enveja, ni enemic.

I no saber on anirem,
quan la mort ens cridi al tàlem:
creure en la fusta del rem,
i en la fusta de l'escàlem.

I fer tot el que fem,
oberts de cor i de parpelles,
i amb tots els cinc sentits;
sense la por de jeure avergonyits
quan surtin les estrelles.

Comprendre indistintament
rosa i espina;
i estimar aquest moment,
i aquesta mica de vent,
i el teu amor, transparent
com una aigua-marina.

Glossa

«Aigua-marina» és el poema que obre el recull titulat *Àncores i estrelles* (1936) de Josep Maria de Sagarra, que conté poesies datades a Calella de Palafrugell i el Port de la Selva entre el juny i el setembre del 1935. De nou, prenent una cala com el *locus amoenus* del paisatge per a aconseguir la plenitud de l'amor, el poeta analitza tot el procés de viure enamorat. Amb el símil dels objectes mariners (el rem i l'escàlem), que ajuden a avançar en la vida, i abans no arribi la mort, el poeta defensa el dret d'haver navegat intensament en el mar d'amor, amb una invitació final a viure amb plenitud cada instant de felicitat.

Forma

Està estructurat en quatre estrofes de diferent nombre de versos amb un metre també irregular. Si bé predominen els heptasíl·labs, n'hi trobem també de tetrasíl·labs, pentasíl·labs, octosíl·labs i algun decasíl·lab.

El poema mostra, però, una certa regularitat de rima.

Pràctica lectora

Identifica un exemple de versos usats pel poeta que no siguin heptasíl·labs.

En quin lloc del poema es fa referència al tòpic poètic del *carpe diem*, és a dir, la invitació de viure intensament el moment?

Dóna l'estructura de la rima tenint en compte que hi ha versos d'art menor i d'art major.

Pràctica d'audició

Pots escoltar la musicació d'aquest poema feta per tres cantautors ben diversos:

Ramon Muntaner, *Balades i cançons* (1979), Movieplay 17.1546/6.

Ovidi Montllor, *Ovidi Montllor diu Sagarra*, dins *Ovidi Montllor. Antologia* (2000), Dahiz Produccions, Ajuntaments d'Alcoi i Barcelona.

Ignasi Roda, *Música per a poetes* (2002), vol. I, Fonoruz, CDF-1128.

Carles Riba

Que jo no sigui més com un ocell tot sol,
ales esteses sobre un gran riu
per on davallen lentes barques de gent que riu
a l'ombra baixa del tenderol,
i el rai que el muntanyenc mig nu, enyoradís,
mena amb fatiga cap a ciutats
que estrenyen l'aigua lliure entre molls oblidats
d'haver-hi comes verdes amb arbres i ramats
i un cloqueret feliç.

La vida passa, i l'ull no es cansa d'abocar
imatges clares dintre del cor.
...Tot en mi torna somni: nuvolet d'ombra i d'or
que flota i fina lluny de la mà.
Qui endinsa en el seu cor com un minaire avar,
qui de recança ulls clucs es peix,
tenen més que no jo, que, estrany a mi mateix
i alt sobre els altres, guaito l'ona incessant com creix
i minva cap al mar.

¿Quin moviment humà pot encara desfer
l'encant, llançar-me sang i sentits
a la presa, que és nostra, afanyada, entre els dits,
o al cant, que d'home a home va i ve?
¿O ha d'ésser mon destí el de l'ocell reial
que un tret, per folga, tomba del cel,
i l'aigua indiferent l'endú, vençut rebel,
cobrint-se amb l'ala inútil els ulls buidats d'anhel,
sense un plany pel seu mal?

Glossa

Parlem del poema número 8 del *Segon llibre d'estances* (1930) de Carles Riba (Barcelona, 1893-1959). Té tres parts ben diferenciades. En la primera, el poeta proclama el seu desig de no ser un solitari per damunt d'un riu idíl·lic, símbol de la vida, que es malmet en arribar a la ciutat.

En la segona estança, el poeta constata el pas inexorable de la vida, com un riu del qual guaita «l'ona incessant com creix / i minva cap al mar». D'aquest viure, l'únic refugi és el somni que recrea els estadis de felicitat i plenitud, cercats «en el seu cor com una minaire avar».

El poema es clou amb una tercera estança amb dues llargues interrogacions disjuntives. La primera s'interroga sobre quin acte humà pot fer possible aquest retrobament en la interacció entre els homes. La segona planteja si, en canvi, el destí final ha de ser el d'un ocell reial abatut, que ha d'amagar-se sota l'ala inútil la vergonya del vençut a qui ningú no plany ni ajuda.

Forma

L'estança va ser una forma estròfica molt usada en el Renaixement, que combinava versos decasíl·labs i hexasíl·labs en disposició lliure. Els poetes moderns n'han adaptat la forma a les seves necessitats expressives. Així, Carles Riba en diversificà els metres i les combinacions de rimes, però conservant la norma que totes les estrofes del poema han de seguir el model de la primera estança. En aquest cas, el poeta combina cinc versos alexandrins amb dos enneasíl·labs i clou l'estrofa amb un vers hexasíl·lab.

Pràctica lectora

Tria els tres elements gramaticals de cada estança que reafirmin la presència del Jo poètic.

Carles Riba

Carmina invenient iter.
Sèneca

Tristes banderes
del crepuscle! Contra elles
sóc porpra viva.
Seré un cor dins la fosca;
porpra de nou amb l'alba.
C. R.

Súnion! T'evocaré de lluny amb un crit d'alegria,
tu i el teu sol lleial, rei de la mar i del vent:
pel teu record, que em dreça, feliç de sal exaltada,
amb el teu marbre absolut, noble i antic jo com ell.
Temple mutilat, desdenyós de les altres columnes
que en el fons del teu salt, sota l'onada rient,
dormen l'eternitat! Tu vetlles, blanc a l'altura,
pel mariner, que per tu veu ben girat el seu rumb;
per l'embriac[1] del teu nom, que a través de la nua garriga
ve a cercar-te, extrem com la certesa dels déus;
per l'exiliat que entre arbredes fosques t'albira[2]
súbitament, oh precís, oh fantasmal! i coneix
per ta força la força que el salva als cops de fortuna,
ric del que ha donat, i en sa ruïna tan pur.

1. *embriac*: que té pertorbades les facultats pels efectes del vi o d'alguna visió que l'ha encisat.

2. *albira*: veure de lluny.

Glossa

L'any 1939 Carles Riba es va haver d'exiliar de Catalunya, a causa de pertànyer al bàndol que va perdre la guerra, i va anar a raure durant uns anys a la localitat occitana de Bierville, a França. En aquell ambient de tristesa, solitud i desesperança, el record d'un viatge exultant que havia fet a Grècia el 1927 és el punt de partida per escriure aquesta segona elegia, redactada el mateix 1939, que formarà part de *Les elegies de Bierville* (1943), volum publicat en el seu retorn a Barcelona, el 1943, amb peu d'impremta fals de Buenos Aires per tal de despistar la censura.

S'inspira en la visió del temple de Súnion, dalt d'un promontori sobre el mar, on només resten algunes columnes en peu, les altres descansen sota les aigües. Súnion és per a Riba un símbol d'una cultura, la grega clàssica, de la qual se sent partícip, ja que havia traduït obres cabdals com l'*Odissea* d'Homer. Una cultura que ha sobreviscut al pas del temps. A partir d'aquesta constatació estableix un paral·lelisme amb la seva situació d'exiliat. Creu que pot fer front a totes les adversitats i que com un mariner que tenia per far el temple de Súnion, ell també algun dia, perdut ara per la nua garriga de Bierville, gràcies a la força que li infon el record del temple, que actua com a far salvador, podrà retornar a la pàtria. Als versos finals pren consciència que en aquesta vida no s'és ric pel que es pugui tenir, sinó per tot el que hem donat als altres, fins i tot el sacrifici solidari de l'exiliat a favor de les llibertats de la pàtria.

Forma

Els dístics elegíacs,[3] formats per un hexàmetre i un pentàmetre, usats pels clàssics són formats a base de peus dàctils i espondeus. Ara bé, en passar al català, els dàctils [D] (-uu) passen a tenir aquesta estructura: 0 (síl·laba tònica) o (síl·laba àtona) o (síl·laba àtona), així: 0oo. De

3. Agraïm al Dr. Jaume Medina els aclariments que ens ha fet sobre els dístics elegíacs.

manera que l'hexàmetre sencer podria tenir l'estructura següent: 0oo / 0oo / 0oo/ 0oo /0o, amb els quatre primers que es poden combinar, indistintament en 0oo o bé 0o.

I el pentàmetre: 0oo / 0oo / 0 // 0oo / 0oo / 0, amb els dos primers que es poden combinar en 0oo o bé 0o.

Així, si apliquem l'anàlisi mètrica dels dos primers dístics de l'elegia de Riba, tindrem aquest resultat:

Sú ni on! /T'e vo ca /ré de/ lluny amb un / crit d'a le / gri a
0 o o 0 o o 0 o 0 o 0 0 o o 0 o

tu iel teu / sol lle / ial // rei de la / mar i del /vent
0 o o 0 o 0 0 o o 0 o o 0

pel teu re/ cord, queem/dre ça fe / liç de / sal e xal / ta da
0 o o 0 o 0 o o 0 o 0 o o 0 o

amb el teu / mar breab so/ lut // no blei an / tic jo com /ell
0 o o 0 o o 0 0 o o 0 o o 0

Pràctica lectora

Prova d'escandir algun altre dístic del poema i confronta el resultat amb el que obtinguin els teus companys.

Pràctica d'audició

Pots escoltar la musicació que, d'aquest poema, n'ha fet el seu nét, el cantautor Pau Riba a *De Riba a Riba* (1993), Taller de Músics, TM-008CDJ.

Clementina Arderiu

El pendís

Jo deia ahir:
ésser i sentir,
fortuna rara.
Per què la gent –rosec[1] mesquí–
no se n'amara,
d'ésser i sentir?
I era per mi
goig pur. Mes ara,

per un pendís
rodoladís
jo faig ma via.
Un pas amunt i en llisco sis.
Si defallia,
per mon pendís
tan dret i llis
rodolaria.

Si em vull salvar,
bé cal pujar,
no mirar enrere.
Enlaire sols puc esguardar,
que en la vorera
l'herba es secà

1. *rosec*, turment causat per una forta inquietud, pel remordiment
mesquí, que no dóna fàcilment res a ningú.

i es revoltà
sa cabellera.

I els arbres són
d'un sol pregon[2]
la immòbil presa;
tot el brancatge acota el front,
i gran feresa
dins mi es difon.
Sóc no sé on,
re no es palesa.

Res ni ningú
no se m'enduu.
La mà amorosa,
l'esguard serè i el pas segur,
la remorosa
parla d'algú
que al cor tan nu
fos venturosa,

tot, lentament,
sens frisament,
fuig de ma ruta.
Pel món tingués com el morent
l'ànima eixuta,
i aquell frement[3]
deseiximent[4]
que res no immuta!

2. *pregon*, d'una gran dimensió
3. *frement*, tremolar fort, estremiment
4. *deseiximent*, despreniment, desprendre's d'alguna cosa

Glossa

Clementina Arderiu (Barcelona, 1889-1976) va excel·lir en el conreu de la cançó. «El pendís», publicat a *L'alta llibertat* (1920), n'és un bon exemple. El tema central, el tenim plantejat ja en els primers versos: ésser i sentir és fortuna rara, és a dir, poca gent pot fruir d'aquesta plenitud feliç. La poeta ens explica, però, que, ara, fent via, recula molt més que no avança en la vida i li cal fer un esforç per només mirar esperançada endavant. En la quarta estrofa constata que es troba perduda en un bosc metafòric on els arbres li tapen l'horitzó. En la cinquena comprova que res ni ningú la ve a treure d'aquest mal pas, i acaba, en la sisena, desitjant tenir prou aplom per fer front a la dissort amb «l'ànima eixuta, / i aquell frement / deseiximent / que res no immuta». D'aquesta manera, tornant-se voluntàriament insensible, es veurà menys afectada pels atzars de la vida.

Forma

El poema és format per sis estrofes de vuit versos cadascuna. Tenen quatre síl·labes, llevat del quart que es dobla en vuit i segueixen l'esquema de rima següent: 4a/4a/4b/8A/4b/4a.

Pràctica lectora

Una característica dels metres curts utilitzats en les cançons és l'aplicació del recurs retoricogramatical de l'elisió com també de l'hipèrbaton. Cerca'n exemples en aquest poema.

Bartomeu Rosselló-Pòrcel

A Mallorca, durant la guerra civil

Verdegen encara aquells camps
i duren aquelles arbredes
i damunt del mateix atzur
es retallen les meves muntanyes.
Allí les pedres invoquen sempre
la pluja difícil, la pluja blava
que ve de tu, cadena clara,
serra, plaer, claror meva!
Sóc avar de la llum que em resta dins els ulls
i que em fa tremolar quan et recordo!
Ara els jardins hi són com músiques
i em torben, em fatiguen com en un tedi lent.
El cor de la tardor ja s'hi marceix,
concertat amb fumeres delicades.
I les herbes es cremen a turons
de cacera, entre somnis de setembre
i boires entintades de capvespre.

Tota la meva vida es lliga a tu,
com en la nit les flames a la fosca.

Barcelona, setembre 1937

Glossa

«A Mallorca durant la guerra civil», de Bartomeu Rosselló-Pòrcel (Palma de Mallorca, 1913 - El Brull, 1938), va ser escrit a Barcelona el setembre del 1937, quan Mallorca estava en mans feixistes. Va ser publicat a *Imitació del foc* (1938) i s'organitza en tres seqüències: versos 1-10, 11-17 i 18-19. Es tracta d'una elegia en què el paisatge de Mallorca personifica allò perdut, que el poeta fa present en la seva consciència com a objecte desitjat.

En la primera part i fins al vers vuitè s'exposen referències a elements immutables del paisatge mallorquí, especialment la serra de Tramuntana, elements que es mantenen al marge de les circumstàncies i canvis temporals. El poeta acaba amb l'afirmació que és avar de la llum d'aquest paisatge que el fa tremolar quan l'evoca en ser-ne lluny.

El vers onzè obre la segona part amb l'adverbi «ara» que situa tots els temps verbals en present. A més a més, ara, els elements configuradors del paisatge de la primera part es transformen. Així, les herbes que verdejaven, ara cremen; les arbredes són jardins i l'atzur passa a ser el capvespre, amb boires entintades. Tots són símbols que poden referir-se a la guerra i les seves conseqüències. Es generen una sèrie d'oposicions de temps, de llum, de permanència i destrucció que fan créixer la dimensió del record.

El poema es clou amb el dístic en què l'objecte, Mallorca, i el subjecte, el poeta, s'uneixen com ho fan les flames a la fosca, una metàfora molt contrastada que ens remet a la poesia barroca del segle XVII, que agradava molt a Rosselló-Pòrcel.

Forma

Els vuit primers versos són octosíl·labs, el 9 i el 13 són alexandrins i la resta decasíl·labs. No hi ha rima.

Pràctica lectora

Comprova que tots els decasíl·labs tenen la sisena síl·laba tònica.

Pràctica d'audició

Pots escoltar aquest poema musicat per Maria del Mar Bonet, que el va incloure a *Maria del Mar Bonet* (1974), Ariola 82.237 L. També es troba en CD: *Maria del Mar Bonet* (1997), Picap, 80 00084-02.

Rosa Leveroni

Elegies de la represa, VI

No em preguntis, amor, per què t'estimo,
si no trobo raons. ¿Però podria
dir-te del rossinyol la meravella
ni el batec de la sang, ni la segura
dolcesa de l'arrel dins de la terra,
ni aquest plorar suau de les estrelles?
¿És que sabries, cert, l'ardent misteri
d'unes ales signant l'atzur en calma,
o el fluir de la font, o de la branca
aquest respir beat quan l'aire passa?...
No em preguntis, amor, per què t'estimo,
si et tenia dins meu i ni sabria
ja veure't com a tu, perquè respires
dintre del meu respir, si dels meus somnis
ets l'únic somni viu que no podria
arrabassar la Mort...

Glossa

Rosa Leveroni (Barcelona, 1910 - Cadaqués, 1985) dedicà una part del seu llibre *Presència i record* (1952) al gènere de l'elegia. Concretament, el que comentem forma part de quinze poemes elegíacs dedicats a cantar els sentiments que afloren després de viure una apassionada i, a voltes, escabrosa història d'amor. En aquest poema certifica la intensitat i indissolubilitat de l'amor que el jo poètic sent per l'home estimat. No té paraules per a explicar-li el sentit i la intensitat del seu amor i, per això, mitjançant dues interrogacions retòriques el compara a fenòmens que ella considera purs i intensíssims com el cant del rossinyol, el batec de la sang, la dolcesa de l'arrel, el plor suau i metafòric de les estrelles, les ales que signen l'atzur en calma, la font que flueix o la remor de la branca en parlar amb l'aire. Són, totes, unes imatges de gran exquisidesa. Però res pot explicar l'amor intens que sent perquè, fins i tot quan l'amat respira, ho fa dins el respir d'ella. I, sobretot, perquè és l'únic somni que no li podrà arrabassar la Mort. Més intens, impossible.

Forma

El poema és format per una sèrie de setze versos decasíl·labs sense cap rima regular.

Pràctica lectora

Cerca en quin conjunt de versos es crea un paral·lelisme temàtic.

Màrius Torres

La ciutat llunyana

Ara que el braç potent de les fúries aterra
la ciutat d'ideals que volíem bastir,
entre runes de somnis colgats, més prop de terra,
Pàtria, guarda'ns: –la terra no sabrà mai mentir.

Entre tants crits estranys, que la teva veu pura
ens parli. Ja no ens queda quasi cap més consol
que creure i esperar la nova arquitectura
amb què braços més lliures puguin ratllar el teu sòl.

Qui pogués oblidar la ciutat que s'enfonsa!
Més llunyana, més lliure, una altra n'hi ha, potser,
que ens envia, per sobre d'aquest temps presoner,

batecs d'aire i de fe. La d'una veu de bronze
que de torres altíssimes s'allarga pels camins,
i eleva el cor, i escalfa els peus dels pelegrins.

Glossa

El títol d'aquest poema és una metàfora metonímica perquè es refereix alhora a Catalunya, als catalans, però també a conceptes i idees abstractes en què, a partir de la proclamació de la Segona República Espanyola el 1931, els catalans havien confiat obtenir un futur més ple i lliure. Màrius Torres (Lleida, 1910 - Sant Quirze Safaja, 1942) va escriure aquest poema el 5 de març de 1939, encara no un mes i mig després que les tropes de Franco haguessin acabat d'ocupar el territori català, al sanatori de Puig d'Olena, a Sant Quirze Safaja, on era ingressat d'ençà el 1935, perquè patia tuberculosi.

La primera quarteta, iniciada amb un «ara» prou explícit de derrota pel «braç potent de les fúries», apel·la a la Pàtria que protegeixi els seus fills a qui mai mentirà ni trairà. El tema de la veu es desenvolupa en la segona quarteta en l'espera que la veu pura de la Pàtria ens parli. Mentrestant, cal l'esperança que uns fills més afortunats algun dia crearan una nova arquitectura ratllant el sòl d'aquesta ciutat ideal. El poeta desitja oblidar la ciutat de derrota i intueix una altra ciutat de futur per sobre dels avatars del temps presoner que vivien. La veu d'aquesta nova ciutat serà de bronze, metall noble que farà arribar ressons a tots els racons i portarà ànim als cors i escalf als peus per fer camí, en una clara referència als exiliats.

Forma

«La ciutat llunyana» és un sonet de versos alexandrins amb el següent esquema de rima: 12A/12B/12A/12B// 12C/12D/12C/12D// 12E/12F/12F// 12G/12H/12H.

Pràctica lectora

Localitza alguna altra metàfora relacionada amb la ciutat simbòlica de què parla el poeta.

Agustí Bartra

Oda a Catalunya des dels tròpics

Entre aquell febrer i aquest novembre, no vull l'enyorança
d'ulls immòbils i lentes llàgrimes que necessita orfeons
i corrandes,
sinó la duresa del temps que fa navegables els records
i desenterra imatges.
No vull la degotejant enyorança que plany un sostre,
renova el gust d'oblidades farines
i desvetlla l'ombra d'una flor en un rostre,
sinó el crit de zel fluvial...

Vigoria del vol de la meva sang sense diàleg,
zenit del meu cor i de les marxes mudables,
ets tu, Pàtria!
El món m'oculta l'uniforme de la teva tristesa noble i callada,
però no deixen d'arribar-me les barques que endoles
clandestinament...

Em saps perdut per les illes, mossegant la delicada arrel
del teu nom,
aquí, on Àfrica i els ciclons es citaren,
i em sorprenc a les platges cercant les ruïnes d'un palúdic àngel
de madrèpora.

Estrany dins l'aire estrany,
circulo entre les argentades columnes dels temples de palmeres
sentint com el meu cor accedeix a la sirga d'un continent d'agulles,

comprenent el rictus d'aquestes roques tan fabulosament
allunyades dels pins...

Oh Pàtria que tant se t'ha estimat flautejant,
¿què faig aquí, fugitiu de tota arribada,
assetjat per atlètiques aromes,
dins les tardes de cavalls i arcs iris?
També sabria plorar-te,
sanglotar damunt les mans estimades que també duen
anells nòmades...
Plor i sanglot potser, però l'enyorança no.
¿Com podria enyorar-te si no t'has desprès de mi,
si ets tan forta d'existència com l'amor en el refugi dels cossos?
. . . .
Tu ets la terra,
l'arbre,
el foc.
Invenciblement s'ha d'anar aixecant el so de la teva caiguda,
el violat pes jove de la teva llibertat ha de brotar dels cims,
sota els arcs de l'alba nova.
Jo només visc per l'entrada lluminosa dels teus ocells
als graners del futur,
per la resurrecció exacta de la teva veu entre les escumes...

República Dominicana, 1940

Glossa

Agustí Bartra (Barcelona, 1908 - Terrassa, 1982) es va exiliar el 1939 durant més de trenta anys, primer a Santo Domingo i, després, a Mèxic. D'aquesta situació personal sorgeix «Oda a Catalunya des dels tròpics», un poema escrit i datat a la República Dominicana el 1940 i que va ser inclòs a *L'arbre de foc* (1946), el primer llibre de poesia publicat per l'autor.

El tema central és l'enyorança de l'exiliat: el poeta es resisteix a aquest enyorament de la pàtria perquè no ha estat ella qui s'ha desprès del fill, i perquè el mateix fill, el poeta, té un sentiment d'amor envers ella. Admet que pot plorar però mai enyorar. De fet, des de bon inici, ja diu que no vol l'enyorança d'ulls immòbils i lentes llàgrimes, passiva i resignada; pren, doncs, una actitud combativa i esperançada malgrat la derrota individual i col·lectiva soferta. Amb un llenguatge molt metafòric va desgranant les emocions i experiències que passa lluny de la pàtria per acabar invocant-la i demanant-se i demanant-li «què faig aquí, fugitiu de tota arribada, / assetjat per atlètiques aromes, / dins les tardes de cavalls i arcs iris?»

El final del poema és la culminació d'aquest cant alhora a la pàtria i a la llibertat. La pàtria ho és tot: terra (de naixença i germinació), arbre (creixement, desenvolupament i vida) i foc (la força de la purificació i de la regeneració). Dues complexes i líriques metàfores tanquen l'oda. La primera, en què el poeta declara que viu per veure l'entrada lluminosa dels seus ocells als graners del futur, és a dir, que espera temps de llibertat i plenitud. La segona, per veure i escoltar la poderosa veu de la pàtria, és a dir, del poble català, derrotat, per damunt de les escumes, de l'aigua, símbol de vida.

Forma

Agustí Bartra, seguint l'exemple del seu admirat Walt Whitman (Nova York, 1819 - Nova Jersey, 1872), se serveix de versos polimètrics de molta llargària (el primer consta de trenta-set síl·labes) que li són útils per al discurs narratiu solemne en voler exaltar uns valors positius de fe en la condició humana, la solidaritat i la llibertat. Aquesta oda no té rima regular però sí que el poeta cerca i aconsegueix la majoria de vegades una sàvia combinació rítmica sense seguir cap model determinat, que dóna sonoritat als versos.

Pràctica lectora

Entre les moltes metàfores i imatges que fa servir el poeta, escull-ne un parell que facin referència a la Guerra Civil Espanyola.

Pràctica d'audició

Pel to èpic i emotiu que hi predomina, aquest és un poema adequat per recitar-lo o llegir-lo a diverses veus; proveu amb alguns companys de preparar-lo i dir-lo a l'uníson.

J.V. Foix

Sol, i de dol, i amb vetusta[1] gonella,[2]
Em veig sovint per fosques solituds,
En prats ignots[3] i munts de llicorella[4]
I gorgs[5] pregons que m'aturen, astuts.

I dic: ¿On só? ¿Per quina terra vella
–Per quin cel mort–, o pasturatges muts,
Deleges[6] foll? Vers quina meravella
D'astre ignorat m'adreç passos retuts?

Sol, sóc etern. M'és present el paisatge
De fa mil anys, l'estrany no m'és estrany:
Jo m'hi sent nat; i, en desert sense estany

O en tuc[7] de neu, jo retrob el paratge
On ja vaguí, i, de Déu, el parany
Per heure'm tot. O del diable engany.

1. *vetusta*, molt antic, vell
2. *gonella*, peça de vestir que duien homes i dones, composta de cos i falda
3. *ignots*, desconeguts, ignorats
4. *llicorella*, pissarra, roca esquistosa que presenta una exfoliació notable en lloses planes i primes, provinent de la consolidació de sediments argilosos.
5. *gorgs*, clot profund en el llit d'un corrent d'aigua, on aquesta s'entolla o alenteix el seu curs
6. *delejar*, desitjar apassionadament
7. *tuc*, pic o cim d'una muntanya

Glossa

Aquest sonet, que obre el llibre *Sol, i de dol* (1947, amb data oficial de 1936 a causa de la prohibició d'editar llibres en català durant la immediata postguerra), de J.V. Foix (Sarrià, Barcelona, 1893-1987), fou escrit com tots els altres seixanta-nou restants el 1913, el 1916, el 1918-1923 i el 1927.

Un dels trets que caracteritza bona part de l'obra de Foix és l'ús d'una llengua molt depurada i expressiva que se serveix d'arcaismes i de girs populars, però també de neologismes encunyats pel poeta. El jo poètic es veu «sol, i de dol» a través del temps. Es pregunta on és, cap on va, què desitja. Constata que, com a individu sol, és etern, com una encarnació del paisatge, que sempre és reconegut tant en desert sense estany, com en tuc de neu, sempre vagant a l'encontre de Déu o de l'engany del diable.

Forma

Sonet de versos decasíl·labs amb l'estructura de rima següent: 10A/10B/10A/10B//10A/10B/10A/10B//10C/10D/10D//10C/10D/10D.

Pràctica lectora

Abans de fer-ne la lectura, cerca en el diccionari normatiu tots els mots que no saps què volen dir. Després contrasta amb els teus companys la quantitat de mots buscats i trobats per cadascun.

Pràctica d'audició

Pots escoltar aquest poema recitat pel mateix poeta a J.V. Foix, *En ritmes vells i sons arcaics*, Barcelona: Fundació J.V. Foix / Edicions 62, 2002.

J.V. Foix

És quan dormo que hi veig clar

A Joana Givanel

És quan plou que ballo sol
Vestit d'algues, or i escata,
Hi ha un pany de mar al revolt
I un tros de cel escarlata,
Un ocell fa un giravolt
I treu branques una mata,
El casalot del pirata
És un ample gira-sol.
És quan plou que ballo sol
Vestit d'algues, or i escata.

És quan ric que em veig gepic[1]
Al bassal de sota l'era,
Em vesteixo d'home antic
I empaito la masovera
I entre pineda i garric
Planto la meva bandera;
Amb una agulla saquera
Mato el monstre que no dic.
És quan ric que em veig gepic
Al bassal de sota l'era.

1. *gepic*, geperut

És quan dormo que hi veig clar
Foll d'una dolça metzina,[2]
Amb perles a cada mà
Visc al cor d'una petxina,
Só la font del comellar
I el jaç de la salvatgina,
–O la lluna que s'afina
En morir carena enllà.
És quan dormo que hi veig clar
Foll d'una dolça metzina.

2. *metzina*, verí
3. *comellar*, coma, pujol

Glossa

En aquest poema, escrit l'abril del 1939 i inclòs a *On he deixat les claus...* (1953), J.V. Foix proclama que els somnis li fan comprendre el món en totes les seves arbitrarietats. Així, seguint la pràctica dels surrealistes de deixar córrer la imaginació i interpretar la realitat amb uns ulls aparentment inconscients que permeten, amb metàfores i imatges agosarades, fer una anàlisi corrosiva del que no agrada al poeta.

A la primera estrofa Foix descriu l'escenari en què es mou, prop del mar, al Port de la Selva, festiu, vestit d'algues, or i escata; té comportaments inusuals entre els altres, ja que «és quan plou que ballo sol».

A la segona, fa caricatura d'ell mateix. Diu que es veu geperut quan riu al bassal de sota l'era. És aleshores que li és permesa la transgressió i copula amb la masovera («planto la meva bandera») o amb una agulla saquera mata el monstre, imatge que pot al·ludir també al «monstre» del feixisme que acabava de guanyar la guerra d'Espanya.

La tercera estrofa està dominada per imatges relacionades amb el sexe femení: el cor d'una petxina, la font del comellar, el jaç de la salvatgina, etc.

Forma

Poema de tres estrofes de deu versos heptasíl·labs amb el següent esquema de rima: 7a/7b/7a/7b/7a/7b/7b/7a/7a/7b. Cal destacar que cada estrofa es clou amb la repetició dels dos primers versos.

Pràctica lectora

Foix, que es va dedicar a la crítica d'art des de les pàgines de *La Publicitat*, va tenir molt bones relacions amb altres artistes avantguardistes dels anys vint del segle passat, i ben especialment amb Salvador Dalí i Joan Miró. Dedueix de quina de les tres estrofes en podries fer una pintura o dibuix a l'estil de Dalí. Justifica la resposta.

Pràctica d'audició

Joan Manuel Serrat, *Tal com raja* (1980), Ariola, I-203153.

Salvador Espriu

Cançó del matí encalmat

El sol ha anat daurant
el llarg somni de l'aigua.
Aquests ulls tan cansats
del qui arriba a la calma
han mirat, han comprès,
oblidaven.

Lluny, enllà de la mar,
se'n va la meva barca.
De terra endins, un cant
amb l'aire l'acompanya:
«Et perdràs pel camí
que no té mai tornada.»

Sota la llum clement
del matí, a la casa
dels morts del meu vell nom,
dic avui: «Sóc encara.»
M'adormiré demà
sense por ni recança.
I besarà l'or nou
la serenor del marbre.

Solitari, en la pau
del jardí dels cinc arbres,
he collit ja el meu temps,
la rara rosa blanca.
Cridat, ara entraré
a les fosques estances.

Glossa

L'any 1954, Salvador Espriu (Santa Coloma de Farners, 1913 - Barcelona, 1985) va publicar *El caminant i el mur*, un llibre d'importància central en la seva obra poètica. La primera secció del llibre, «Les ombres, el riu, el somni perdut», està dedicada a evocar el record «imaginat» de la mare, car va morir quan ell va néixer, però també la presència solidària dels altres com a lligam amb el món i defensa contra la mort. A la segona secció, «Cançons de la roda del temps», hi intensifica la reflexió sobre el pas del temps i la presència de la mort, partint del cementiri de Sirena («Arenys» a l'inrevés) que havia iniciat en llibres com el *Cementiri de Sinera* (1946), *Les hores* (1952) i *Mrs. Death* (1952). La mort el colpí de molt jove. Primer, ja ho hem dit, amb la desaparició de la mare i, després, la dels germans Francesc i Isabel. Ell mateix va estar en greu perill de mort a causa d'una tuberculosi. La tercera part del llibre, titulada «El Minotaure i Teseu», conté poemes on interpel·la Déu o analitza l'actualitat de forma irònica i sarcàstica, alhora que s'afirma en el convenciment de la solidaritat envers els altres i en la fidelitat als seus morts.

La secció «Cançons de la roda del temps» conté deu poemes elegíacs amb la referència explícita del mot «cançó» en els títols. El poeta, com a caminant que fa via per la vida cap a la mort, avança amb el pas de les hores des de l'albada fins al triomf de la nit. La secció es clou amb dos poemes, «Per a ser cantada en la meva mort» i «Just abans de laudes», anuncien que el caminant algun dia desapareixerà d'escena: «Jo que moro i sé / la solitud del mur i el caminant, / et demano que em recordis avui, / mentre te'n vas amb les sagrades hores.»

«Cançó del matí encalmat» ocupa el quart lloc de la secció i se situa temporalment just abans del migdia, de la plenitud solar. En la primera estrofa el poeta emmarca el contingut del poema i constata que des de la maduresa, girant la vista cap al mar, ha comprès el seu destí i oblida el passat. Hi apareix «el llarg somni de l'aigua» com a metàfora de la vida que va cap a la mort. Per això, en la segona estrofa ens parla de «la meva barca» que hi navega amb la propulsió d'un cant aeri que ve de terra endins que li recorda que la mort és un camí sense retorn.

En la tercera estrofa fa referència al cementeri de Sinera, que és el lloc on reposen els seus morts i on ell reposarà també algun dia. Però, de moment, es reafirma en un contundent: «Sóc encara.»

La quarta i darrera estrofa se situen en el jardí del cinc arbres, l'eixida situada en la part posterior de la casa d'Arenys on vivia amb el seu pare i el servei. Allí, on hi ha un roser, una troana, una camèlia, un libanenc i una palmera gànguil, de petit jugava llargues hores a fer navegar barques de paper pel safareig, mentre construïa fantasies de tota mena. Ara, adult, solitari, ha collit ja el seu temps, metaforitzat amb la rara rosa blanca i, espera el moment d'entrar en les «fosques estances» del vell casal dels seus morts.

Forma

El poema està estructurat en quatre estrofes de sis versos hexasíl·labs, llevat del sisè de la primera estrofa que és de quatre síl·labes. Alterna versos masculins i femenins amb rima assonant.

Pràctica lectora

Per presentar les «Cançons de la roda del temps» hem fet servir el mot *elegíac*. Informa't sobre les característiques bàsiques de tota elegia poètica i apunta el nom dels poetes que han escrit les més celebrades.

Pràctica d'audició

Raimon va musicar totes les «Cançons de la roda del temps» i les va editar en disc el 1966. Pots escoltar la «Cançó del matí encalmat» a *Raimon integral 121 cançons* (1993), CD 3, Auvidis/Generalitat de Catalunya.

Salvador Espriu

Assaig de càntic en el temple

Oh, que cansat estic de la meva
covarda, vella, tan salvatge terra,
i com m'agradaria d'allunyar-me'n,
nord enllà,
on diuen que la gent és neta
i noble, culta, rica, lliure,
desvetllada i feliç!
Aleshores, a la congregació, els germans dirien
desaprovant: «Com l'ocell que deixa el niu,
així l'home que se'n va del seu indret»,
mentre jo, ja ben lluny, em riuria
de la llei i de l'antiga saviesa
d'aquest meu àrid poble.
Però no he de seguir mai el meu somni
i em quedaré aquí fins a la mort.
Car sóc també molt covard i salvatge
i estimo a més amb un
desesperat dolor
aquesta meva pobra,
bruta, trista, dissortada pàtria.

Glossa

Aquest poema forma part de la tercera secció d'*El caminant i el mur*. És possiblement un dels més divulgats de l'obra poètica d'Espriu, gràcies a la interpretació que en féu Raimon. Els diferents aspectes temàtics que s'hi toquen s'han d'entendre en el context històric del franquisme, quan Catalunya era sotmesa a un procés de liquidació lingüística i cultural, alhora que la gent vivia emmirallada en els països democràtics que formaven part d'Europa, especialment França, però també els països escandinaus, molt més nord enllà.

Consta de tres parts. En la primera, fins al vers setè, el poeta invoca el seu desig ideal, des de «la meva covarda, vella, tan salvatge terra», d'anar nord enllà. En la segona, del vers vuit al tretze, admetent que el desig hagués estat convertit en realitat, fa la hipòtesi del que li dirien els germans per haver abandonat la terra, el poble, els signes d'identitat. Finalment, en la tercera part, fins al final, el poeta proclama que no emprendrà mai aquest viatge, ja que «estimo a més amb un / desesperat dolor / aquesta meva pobra, / bruta, trista, dissortada pàtria».

Forma

Sèrie de vint versos de mètrica irregular i sense rima.

Pràctica lectora

L'asíndeton és el recurs d'ometre les conjuncions per tal d'accelerar el ritme de l'enunciat. Localitza'n un exemple en el poema.

Pràctica d'audició

Pots escoltar aquest poema interpretat per l'Ovidi Montllor a *A Alcoi*, dins d'*Ovidi Montllor. Antologia*, (2000), Dahiz Produccions, Ajuntaments d'Alcoi i Barcelona.

Pere Quart

Corrandes d'exili

Una nit de lluna plena
tramuntàrem la carena,
lentament, sense dir re...
Si la lluna feia el ple
també el féu la nostra pena.

*

L'estimada m'acompanya
de pell bruna i aire greu
(com una Mare de Déu
que han trobat a la muntanya).

*

Perquè ens perdoni la guerra,
que l'ensagna, que l'esguerra,
abans de passar la ratlla,
m'ajec i beso la terra
i l'acarono amb l'espatlla.

*

A Catalunya deixí
el dia de ma partida
mitja vida condormida;
l'altra meitat vingué amb mi
per no deixar-me sens vida.

*

Avui en terres de França
i demà més lluny potser,
no em moriré d'enyorança
ans d'enyorança viuré.

*

En ma terra del Vallès
tres turons fan una serra,
quatre pins un bosc espès,
cinc quarteres massa terra.
«Com el Vallès no hi ha res.»

*

Que els pins cenyeixin la cala,
l'ermita dalt del pujol;
i a la platja un tenderol
que bategui com una ala.

*

Una esperança desfeta,
una recança infinita.
I una pàtria tan petita
que la somio completa.

Glossa

Aquestes corrandes de Pere Quart, pseudònim de Joan Oliver (Sabadell, 1899 - Barcelona, 1984) van ser publicades a *Saló de tardor* (1947) en ple exili del poeta a Xile. Cada corranda desenvolupa un periple del camí de l'exili que el poeta, com tants d'altres, emprengué el 1939: el moment de la partida i la intensitat de la pena (I); el suport de l'estimada (II); el pacte amb la terra que abandona (III); l'esquinçament vital (IV); l'enyorança com a eina de supervivència (V); l'evocació de les arrels més íntimes abandonades (VI); la metàfora ideal del *locus amoenus* per ser feliç i lliure i, malgrat la derrota, la fe en una pàtria lliure i completa (VIII).

Forma

La corranda és un forma de cançó popular breu, generalment improvisada, molt practicada al llarg dels segles. La majoria són de quatre versos heptasíl·labs. Pere Quart alterna les de cinc i quatre versos heptasíl·labs amb rima regular.

Pràctica lectora

Estableix l'esquema de rima de les diferents corrandes.

Pràctica d'audició

Pots escoltar la versió cantada que en féu Ovidi Montllor a *A Alcoi*, dins d'*Ovidi Montllor. Antologia*, (2000), Dahiz Produccions, Ajuntaments d'Alcoi i Barcelona.

També l'ha musicat Lluís Llach a *Poetes* (2004), BMG/Ariola, CD 82876614072.

Pere Quart

Vacances pagades

He decidit d'anar-me'n per sempre.
Amén.

L'endemà tornaré
perquè sóc vell
i tinc els peus molt consentits,
amb inflors de poagre.[1]

Però me'n tornaré demà passat,
rejovenit pel fàstic.
Per sempre més. Amén.

L'endemà passat l'altre tornaré,
colom de raça missatgera,
com ell estúpid.
No pas tan dreturer,
ni blanc tampoc.

Emmetzinat de mites,
amb les sàrries[2] curulles de blasfèmies,
ossut i rebegut,[3] i lleganyós,[4]

1. *poagre*, gota, especialment la que afecta les articulacions dels dits dels peus

2. *sàrries*, recipient molt gros, generalment d'espart, que forma bossa en cadascun dels seus extrems i serveix, posat a través damunt una bèstia, per a transportar, fems, palla, mercaderies diverses, etc.

3. *rebegut*, encongit, arronsat

4. *lleganyós*, que té els ulls plens de lleganyes

príncep desposseït fins del meu somni,
Job d'escaleta;
llenguatallat, sanat,
pastura de menjança.

Prendré el tren de vacances pagades.
Arrapat al topall.
La terra que va ser la nostra herència
fuig de mi.
És un doll entre cames
que em rebutja.
Herbei, pedram:
senyals d'amor dissolts en la vergonya.

Oh terra sense cel!

Però mireu-me:
he retornat encara.
Tot sol, gairebé cec de tanta lepra.

Demà me'n vaig
–no us enganyo aquest cop.
Sí, sí: me'n vaig de quatre grapes
com el rebesavi,
per la drecera dels contrabandistes
fins a la ratlla negra de la mort.

Salto llavors dins la tenebra encesa
on tot és estranger.
On viu, exiliat,
el Déu antic dels pares.

Glossa

Aquest poema de Pere Quart reincideix en el tema de l'exili. S'inicia amb un contundent parell de versos reblats pel terme «amén», que vol dir «així sigui», a causa ben segur de les moltes decepcions que el poeta accepta resignadament. En les tres estrofes següents temporalitza entusiasmes i desil·lusions de la fe en la pàtria i la gent que ha deixat per, en la quarta estrofa, identificar-se amb el personatge bíblic de Job en l'estadi més miserable de rebuig i marginació. Per això, en els dos versos següents ratifica amb ironia que prendrà el tren de vacances pagades, l'exili. En la següent estrofa constata que «la terra que va ser la nostra herència / fuig de mi» i la defineix com «una terra sense cel», és a dir, sense esperança, sense demà. Malgrat tot, el poeta retorna en un últim, inútil i irònic intent, cec de tant desig que el retrobament sigui possible, però, ara sí, ens afirma que finalment se'n va i ho farà retrobant l'estat primigeni i salvatge dels avantpassats prehistòrics, encara de quatre grapes. En l'última estrofa pren la decisió sense retorn de saltar en la tenebra encesa, metàfora del patiment, que inunda l'exiliat. Amb una referència a Déu, irònica i sarcàstica, perquè viu exiliat, sense ocupar-se del patiment dels humans exiliats.

Forma

Sèrie d'estrofes d'un fins a set versos de mètrica diversa i sense rima regular.

Pràctica lectora

Fes inventari de tots els elements religiosos, incloent-hi el personatge bíblic de Job, que el poeta fa servir per tal d'explicitar les seves decisions i reflexions.

Investiga qui era Job i què li va passar i relaciona'l amb els avatars que va haver de viure el poeta.

La polisíndeton és el contrari de l'asíndeton, busca'n un exemple en el poema.

Joan Vinyoli

Les boies

Intentaré de dir la llum de la foscúria
de la mar encrespada a trenc de nit.
Escumes
fosforescents.
Les barques mal deixades,
prop d'aigua, el cabrestant que els homes fan girar,
vestits de nit, se les enduia platja amunt.
La fressa
del vent i de les aigües es va fent
més poderosa cada cop: tanquen finestres
i portes. Sols a la taverna
dels Oratges se senten
les màquines de joc; encara allí,
pots beure canya a glops petits.
Giràndoles d'estrelles
il·luminen el cel més negre que una gola
de llop.
La serp del vent,
desenroscada, xiula pels carrers.
Dalt l'illa
llampeguejada gira el far.
Els gavians
s'arreceren dins meu, els crits
de la nit negra i els udols,
en mi també.
Sé prou que la claror

germina dins la fosca.
                    On és que som? Enlloc?
Fora de tot? Qui ve?
Si vols dormir tranquil pensa en les boies.

Glossa

Aquest poema pertany a *Cercles* (1979), de Joan Vinyoli (Barcelona, 1914-1986), llibre que s'obre amb una poesia de títol homònim que, partint de la metàfora del llac de la vida, s'interroga sobre els cercles que es fan a l'aigua quan s'hi llença una pedra, és a dir, quan iniciem alguna acció vital. En la vida, sempre assagem cercles, fins que ens pensem haver assolit «el cercle convincent». A «Les boies», novament, tot un seguit de símbols lligats amb l'aigua i la navegació concorden amb el fet que el poeta es faci la pregunta crucial: «On és que som?», que es respon amb més preguntes. Sembla que l'únic veritable, cert, constatable són les boies, aquests objectes que en el mar indiquen la situació i suren sempre per damunt les maltempsades i els contratemps.

De fet, el poema és l'exposició de tot un seguit d'adversitats en el port, prop del mar. El color predominant és el negre, que ho domina tot. Només hi ha una mica de vida alegre a la taverna, simptomàticament designada com la dels Oratges. Tota la llum de les estrelles, el vent, el girar del far i fins els gavians són símbols de malastrugança. El símbol de total possessió, el representen els gavians que s'arreceren dins el poeta i ja criden per ell l'angoixa que sent de tot el caos que l'envolta. És un poema ple d'una simbologia frenètica, amb unes imatges de gran impacte, que contrasta amb el vers condicional final: «Si vols dormir tranquil pensa en les boies», com a element relaxant, tranquil·litzador.

Forma

El poema s'estructura en una llarga sèrie de versos, la majoria trencats, sense rima, però que si els ajuntem formen alexandrins. També hi ha algun hexasíl·lab, octosíl·lab i decasíl·lab.

Pràctica lectora

Identifica els versos alexandrins i els dels altres metres.

Hem dit que en el poema hi ha moltes imatges-símbols que ajuden a essencialitzar els sentiments i les emocions que el poeta hi vol descriure. Una imatge és la identificació poètica entre un element real i un d'irreal quan tots dos són presents en el discurs literari. Així, «els homes vestits de nit» és una imatge que ajunta dos elements reals, els homes i la fosca intensa per tal d'expressar la solitud i l'esforç que fan per dominar l'embat de les aigües sobre les barques. Digues amb altres paraules què vol expressar el poeta amb imatges com «giràndoles d'estrelles», «la serp del vent» i «l'illa llampeguejada.»

Gabriel Ferrater

Floral

La primavera del cinquanta-dos, les noies
portaven bruses blanques i rebeques
verdes, i pel carrer sentíem el fresseig
precipitat de flors i fulles on s'amaguen
els negres cuirs de l'ametller. Vaig fer
trenta anys, que també em semblen prematurs.
Però cap vent no en fa justícia. Romanen,
inconvincents i eixuts, sota cada any
que va venint per recobrir l'edat
distreta, el blanc atònit i el verd aspre,
i aquell ventet menut pels llargs carrers
de noies flors i fulles, el record
que se me'n va, de tan confús, cap al futur,
se'm fa desig, i la memòria em verdeja.

Glossa

Aquest és un poema de continguts autobiogràfics, com molts d'altres de Gabriel Ferrater (Reus, 1920 - Sant Cugat del Vallès, 1970) i forma part del seu primer llibre *Da nuces pueris* (1960). Hi apareixen el tema del pas del temps i el de les noies en la plenitud esclatant de la seva bellesa que atrauen i fascinen el poeta. El títol, simbòlic, ja vol unir la referència a la primavera del primer vers amb les noies esclatant com flors amb la seva bellesa, i fins i tot el renéixer del record final. Temporalment l'acció és fixada a la primavera de l'any 1952, quan Ferrater comptava trenta anys. El poeta fa una mena de joc simbiòtic entre el record del passat, el present i la vida que aquest record de les noies sembra en el futur fins al punt d'acabar amb una metàfora molt arriscada: «la memòria em verdeja».

Forma

El poema combina versos decasíl·labs i alexandrins sense rima.

Pràctica lectora

Aquest és un poema en què el poeta se serveix sovint de l'encavallament, desacord que es produeix entre la pausa final del vers i la pausa sintàctica, de manera que la frase acaba en el vers següent. Tot encavallament exigeix una lectura més ràpida per tal de completar el sentit de la frase, alhora que posa en relleu un mot. Cerca'n exemples.

Identifica els versos decasíl·labs i alexandrins del poema.

Pràctica d'audició

Remarca amb un color els encavallaments del poema i els mots que exigeixen una lectura amb més èmfasi. Després llegeix el poema i enregistra-te'l, i comprova si la teva recitació ha expressat adequadament els mots que demanaven més relleu.

Gabriel Ferrater

Cambra de la tardor

La persiana, no del tot tancada, com
un esglai que es reté de caure a terra,
no ens separa de l'aire. Mira, s'obren
trenta-set horitzons rectes i prims,
però el cor els oblida. Sense enyor
se'ns va morint la llum, que era color
de mel, i ara és color d'olor de poma.
Que lent el món, que lent el món, que lenta
la pena per les hores que se'n van
de pressa. Digues, te'n recordaràs
d'aquesta cambra?
                    «Me l'estimo molt.
Aquelles veus d'obrers –Què són?»
                                        Paletes:
manca una casa a la mançana.
                                        «Canten,
i avui no els sento. Criden, riuen,
i avui que callen em fa estrany».
                                        Que lentes
les fulles roges de les veus, que incertes
quan vénen a colgar-nos. Adormides,
les fulles dels meus besos van colgant
els recers del teu cos, i mentre oblides
les fulles altes de l'estiu, els dies
oberts i sense besos, ben al fons
el cos recorda: encara
tens la pell mig del sol, mig de la lluna.

Glossa

«Cambra de tardor», de Gabriel Ferrater forma part també de *Da nuces pueris* (1960) i narra una història d'amor, fugaç i intensa, d'una parella en una cambra, molt limitada en el temps. El títol del poema ens situa també en l'època de l'any, però, molt possiblement, també en l'estadi en què es troba la relació, de maduresa, d'acabament, de refredament. Aquest aspecte ve recolzat amb la pregunta: «te'n recordaràs d'aquesta cambra?», que pressuposa que la història està abocada irremeiablement cap un final. Hi ha uns elements externs als amants que sincronitzen el pas de l'acció i l'acompanyen: els trenta-set llistons de la persiana que deixa entrar la llum, que simptomàticament també es va morint com l'instant de plenitud amorosa, i les veus dels paletes que, precisament, avui en el moment present de l'acció, callen o no els senten i tot plegat introdueix un element deformador a l'harmonia de veus i clarors que sempre havien acompanyat la relació de la parella.

A partir d'aquí el poeta fa un joc metafòric molt hàbil i original entre les veus i les fulles que la tardor arrossega i que van colgant els cossos i la plenitud amorosa. El poeta constata que, «ben al fons / el cos recorda: encara / tens la pell mig del sol, mig de la lluna», és a dir que, a la tardor, la noia nua encara té la pell morena i, en les parts íntimes on no li ha tocat el sol, blanca.

Forma

El poema es compon d'una sèrie de vint-i-tres versos decasíl·labs sense rima.

Pràctica lectora

La sinestèsia és una figura retòrica que combina en un mateix enunciat diverses impressions sensorials. Troba'n dos exemples en el poema.

En el poema hi ha exemples d'al·literació, que consisteix en la repetició d'un mateix so vocàlic i consonàntic dins una paraula o enunciat i, també, de pleonasme, és a dir la repetició d'una paraula o d'una idea per tal de reforçar l'expressió. Cerca'n un exemple de cada.

Joan Brossa

Glossa

Joan Brossa (Barcelona, 1919-1998) va ser un poeta i artista d'una gran polivalència. Va escriure des de sextines clàssiques fins a sonets, passant per odes i elegies. La seva compenetració amb el grup Dau al Set i la descoberta de les avantguardes de la primera meitat del segle passat va fer que se sentís fascinat per l'expressivitat de les imatges i el teatre de l'absurd, per la màgia dels jocs de mans o pel geni del transformista Fregoli. Fou així que passà a fer poesia visual i acabà fent instal·lacions poètiques, algunes presents en grans llocs públics d'Europa, per exemple a Frankfurt o Barcelona.

Aquest poema visual es basa en el fet d'encaixar la paraula poema amb un tipus de lletra de bones dimensions amb la culata d'una pistola. L'efecte pretès, inicialment només és visual, ara bé, les pistoles disparen bales i fereixen el qui toquen, el poeta voldria que passés una cosa semblant amb aquest poema, o amb tots els poemes.

Forma

El poema, en aquest cas, només té una base gràfica expressada en dues tècniques diferents: la tipografia de les lletres i el dibuix d'una part de la pistola.

Pràctica lectora

Associant una idea amb algun element gràfic intenta d'unir-los i d'expressar visualment un missatge poètic.

Joan Brossa

Eco

–Explica'm, tu, què és el sol. –El sol.
–Explica'm què és la lluna. –La lluna.
–I per què en Pere plora amb desconsol?
–Perquè en sa vida no ha tingut fortuna.

–I les muntanyes què són? I els estels?
–No són més que els estels i les muntanyes.
–I aquestes canyes? I aquestes arrels?
–Doncs no són més que això: arrels i canyes.

–I aquesta taula? I aquest balancí?
I aquestes mans que fan l'ombra xinesa?
Digues: i el món? I l'home?
                                        –Heus aquí
l'última forma de la saviesa:

Mira't a fons, afirma sempre el que és
i aprèn amb seny que no pots fer res més.

Glossa

«Eco», publicat a *Rua de llibres* (1980), de Joan Brossa expressa obertament el contingut del poema en l'enunciat del títol. Tots els versos són construïts de manera que davant la pregunta i la corresponent resposta provoquin en el lector un efecte d'eco. Fins i tot quan el poeta situa dues preguntes seguides, en el vers següent obté dues respostes també seguides. Els darrers versos inciten el lector de manera concloent a assumir la realitat pròpia i del món.

Forma

El poema, malgrat la distorsió visual dels guions, el vers trencat en l'onze i la segregació final dels dos versos, és un sonet perfecte amb l'esquema de rima següent 10A/10B/10A/10B//10C/10D/10C/10D// 10E/10F/10E//10F/10G/10G. De nou, aquí, podem comprovar l'afany d'experimentació de Brossa en trobar noves formes expressives però també de modificar i jugar amb les clàssiques per a obtenir-ne nous resultats i efectes.

Pràctica lectora

Hi ha en el poema alguna referència al món popular i màgic dels jocs de mans?

Pràctica d'audició

Amb els companys de la classe feu una lectura en forma d'eco del poema valent-vos de veus molt contrastades que creïn l'efecte sonor de tornaveu.

Vicent Andrés Estellés

Els amants

La carn vol carn
Ausiàs March

«No hi havia a València dos amants com nosaltres.

Feroçment ens amàvem des del matí a la nit.
Tot ho recorde mentre vas estenent la roba.
Han passat anys, molts anys; han passat moltes coses.
De sobte encara em pren aquell vent o l'amor
i rodolem per terra entre abraços i besos.
No comprenem l'amor com un costum amable,
com un costum pacífic de compliment i teles
(i que ens perdone el cast senyor López-Picó).
Es desperta, de sobte, com un vell huracà,
i ens tomba en terra els dos, ens ajunta, ens empeny.
Jo desitjava, a voltes, un amor aducat
i en marxa el tocadiscos, negligentment besant-te,
ara un muscle i després el peçó d'una orella.
El nostre amor és un amor brusc i salvatge,
i tenim l'enyorança amarga de la terra,
d'anar a rebolcons entre besos i arraps.
Què voleu que hi faça! Elemental, ja ho sé.
Ignorem el Petrarca i ignorem moltes coses.
Les Estances de Riba i les *Rimas* de Bécquer.
Després, tombats en terra de qualsevol manera,
comprenem que som bàrbars, i que això no deu ser,
que no estem en l'edat, i tot això i allò.

No hi havia a València dos amants com nosaltres,
car d'amants com nosaltres en són parits ben pocs.»

Glossa

«Els amants» forma part del *Llibre de meravelles* (1971) de Vicent Andrés Estellés (Burjassot, 1924 - València, 1993). És un dels textos més coneguts d'aquest poeta gràcies a la interpretació que en féu l'Ovidi Montllor i és també un tema recurrent en bona part de la seva poesia. Andrés Estellés ha estat un dels creadors més vitals i hedonistes de la nostra poesia al llarg del segle xx (sexual, gastronòmic, sensual, etc.). Admirador dels clàssics, especialment d'Horaci, recuperarà el conreu del gènere de les èglogues i escriurà llibres d'horacianes dedicats a cantar el plaer de viure.

L'ègloga era i és una composició del gènere bucòlic que idealitza la vida dels pastors i, en general, la vida camperola. Vicent Andrés Estellés trasllada l'acció amorosa al marc urbà i a partir de l'escena quotidiana d'estendre la roba al terrat, recorda i descriu la relació intensa amb la seva muller i la centra ben especialment en el vessant sexual, tractat hiperbòlicament. I, encara ara, de nou se'ls desperten totes les passions i miren d'emular els combats singulars de quan eren joves. Uns amors que ell hauria volgut tòpicament correctes, seguint els dictats dels grans mestres de la pulcra poesia amorosa de tots els temps (Petrarca, Bécquer i Riba), però que ràpidament oblidaven per immergir-se en l'explosió irrefrenable dels sentits. De fet, el poeta arriba a la conclusió que el seu amor és «un amor brusc i salvatge / i tenim l'enyorança amarga de la terra», és a dir un amor natural, sense convencionalismes ni repressions.

Forma

El poema, el conformen vint-i-quatre versos alexandrins sense rima.

Pràctica lectora

Fes el recompte dels alexandrins tenint en compte que has de descomptar les síl·labes de la paraula que vénen després de la sisena síl·laba i fer, doncs, la cesura del vers.

Destria alguns mots que reconeguis com a propis de la parla de València i busca'n la definició en el diccionari. Comprova si hi són tots i, en el cas que no hi siguin, dedueix què volen dir exactament pel context.

Pràctica d'audició

Pots escoltar la interpretació que Ovidi Montllor va fer d'aquest poema a *A Alcoi*, dins d'*Ovidi Montllor. Antologia*, (2000), Dahiz Produccions, Ajuntaments d'Alcoi i Barcelona.

Miquel Martí i Pol

L'Elionor

L'Elionor tenia
catorze anys i tres hores
quan va posar-se a treballar.
Aquestes coses queden
enregistrades a la sang per sempre.
Duia trenes encara
i deia: «Sí, senyor» i «bones tardes».
La gent se l'estimava,
l'Elionor, tan tendra,
i ella cantava mentre
feia córrer l'escombra.
Els anys, però, a dins la fàbrica
es dilueixen en l'opaca
grisor de les finestres,
i al cap de poc l'Elionor no hauria
pas sabut dir d'on li venien
les ganes de plorar
ni aquella irreprimible
sensació de solitud.
Les dones deien que el que li passava
era que es feia gran i que aquells mals
es curaven casant-se i tenint criatures.
L'Elionor, d'acord amb la molt sàvia
predicció de les dones,
va créixer, es va casar i va tenir fills.
El gran, que era una noia,

feia tot just tres hores
que havia complert els catorze anys
quan va posar-se a treballar.
Encara duia trenes
i deia: «sí, senyor» i «bones tardes».

Glossa

Miquel Martí i Pol (Roda de Ter, 1929-2003) va entrar a treballar d'oficinista a la fàbrica La Blava del seu poble el juny del 1943, a catorze anys, i va haver de deixar la feina el 1972, després de dos anys d'haver-se-li declarat l'esclerosi múltiple. En total gairebé trenta anys de prendre el pols, d'observar, cada dia, un col·lectiu de treballadors anònims que vivien una vida plena de condicionants i sotmesa a la rutina, sense perspectives d'ascendir socialment. Just els dos últims anys d'anar-hi va escriure els poemes que després aplegà amb el títol *La fàbrica* (1972).

«L'Elionor» narra la història d'una noia que entra a treballar a la fàbrica als catorze anys i que seguirà fil per randa tots els passos de moltes noies que l'han precedida, que també seran idèntics en les noies que la substituiran. I així passa amb la seva filla gran que igualment entra a treballar a la fàbrica just acabats de complir els catorze anys.

Forma

És un poema de versos polimètrics i sense rima.

Pràctica lectora

Fes el recompte de síl·labes de cada vers, classifica de més a menys els metres més usats i, després, mira de deduir per què el poeta aplica aquesta diversitat de metres per explicar la història de l'Elionor.

Pràctica d'audició

L'any 1979, la cantant Maria Cinta enregistrà aquest poema a *La darrera nit del món*, EDA, 9-1013.

Maria-Mercè Marçal

Brida

A la fira dels Folls
jo hi aniria.
Vindria qui sap d'on
–i ningú no ho sabria–
amb els llavis oscats[1]
de molta vida,

traginer de cançons
en cavall sense brida.[2]

Quin esquer se m'arrapa
a la geniva?
Amor, estel amarg
a la deriva,
em fa senyals: jo vaig
per l'altra riba,

traginer de cançons
en cavall sense brida.

Cadenes són presons
i jo en fugia

1. *oscats*, tallats

2. *brida*, regnes i altres corretges que serveixen per a subjectar el cap d'un mul, somera, ruc o cavall

pel call dels bandolers
a trenc de dia.
A la fira dels Folls
jo hi aniria.

Traginer de cançons
en cavall sense brida.

Glossa

«Brida» forma part de «Foc de pales», la primera secció de *Bruixa de dol* (1979), de Maria-Mercè Marçal (Ivars d'Urgell, 1952 - Barcelona, 1998). De fet, n'és la cinquena i última cançó. La realitat hi és vista a través de la fantasia i d'accions gairebé oníriques. Cada una de les estrofes es clou amb la tornada de «traginer de cançons / en cavall sense brida», és a dir, la poeta es compara amb algú que roda món però que ho fa amb plena llibertat, sense brida, a l'encalç de l'aventura i, sobretot, deixant que la imaginació flueixi en total llibertat. En la primera estrofa es plau de declarar que ella voldria anar a la fira dels Folls, que són els més propers a la llibertat absoluta, hi aniria «amb els llavis oscats / de molta vida», és a dir havent acumulat moltes experiències. En la segona i la tercera estrofes exposa que fuig de l'amor, perquè és «un estel amarg a la deriva» i dels lligams perquè les cadenes són presons. De nou preferiria anar a plena llum del dia a la recerca del risc pel call dels bandolers. En definitiva, un cant a la llibertat personal.

Forma

Tres estrofes de sis versos tetrasíl·labs i hexasíl·labs amb una tornada de dos versos. La rima segueix l'esquema: 6a/4b/6c/6d/6e/4f/ 6h/6f.

Pràctica lectora

Dedueix en quins dos moments i amb quines dues imatges es refereix a la dependència de l'amor.

Índex